L'EMPIRE ROMAIN

LE CHRIST

ET

LA PAPAUTÉ

PARIS. — IMP. SIMON RAÇON ET COMP., RUE D'ERFURTH, 1.

L'EMPIRE ROMAIN
LE CHRIST

ET

LA PAPAUTÉ

TRILOGIE

EN CINQ PARTIES ET DIX-SEPT TABLEAUX

PAR

L. DE GESLIN

PARIS

GARNIER FRÈRES, LIBRAIRES-ÉDITEURS

6, RUE DES SAINTS-PÈRES, ET PALAIS-ROYAL, 215.

1862

PRÉFACE

Si, pour livrer au public la pièce qui suit cette préface, nous ne consultions que le goût apparent de l'époque, démontré par les succès du jour, nous devrions croire que, ni la forme ni le fond de cet ouvrage ne renferment en eux les éléments d'un favorable accueil.

En réfléchissant toutefois à la gravité de la situation politique et religieuse, il nous semble que l'esprit public, qui paraît vouloir s'étourdir, nous saura gré, peut-être, d'avoir franchement abordé, sous les traits saisissants du drame, une question que tout le monde a discutée, sans la résoudre.

Il ne faut point se le dissimuler, le Vésuve, engloutissant sous sa lave brûlante des hameaux, des cités, n'est point le plus menaçant volcan pour l'Italie; c'est à Rome, au siége de la Papauté, qu'il en gronde un bien plus terrible encore, creusant opiniâtrément un abîme où peuvent fatalement s'engloutir, si l'on n'y prend garde, les plus chers intérêts de la religion et de la liberté.

A Dieu ne plaise! qu'on nous suppose un instant la prétention de croire avoir trouvé une solution qu'ont vainement cherchée tant d'hommes de talent et de cœur; mais après avoir attentivement relu l'histoire de l'Église, nous avons acquis l'intime conviction que la papauté seule peut dénouer sans péril les fils inextricables dont la situation actuelle se trouve enveloppée. Elle seule, par une généreuse initiative, peut reconquérir, aux yeux du monde, le terrain qu'une opiniâtreté impolitique lui a fait perdre; elle seule, en un mot, en évitant une chute dont le retentissement ébranlerait la chrétienté, est à même de consolider l'édifice que ses mains ont su élever, avec une si glorieuse persévérance, pendant les siècles écoulés.

En effet, l'observateur impartial remarquera sans peine que l'influence spirituelle des papes a décru dans le sens inverse de la consolidation de leur pouvoir temporel, qui, ne s'harmonisant plus avec les aspirations nouvelles des peuples, tend à consommer leur ruine en compromettant leur double existence.

Plein de foi dans l'impérissable doctrine du christianisme, il nous a semblé que l'état actuel de la civilisation permettait, plus qu'à tout autre époque historique, d'assurer son triomphe, en revenant à l'admirable simplicité de son origine, proportion gardée avec la marche des temps, et nous avons cru poétique, c'est-à-dire noble et grand, de penser que le vicaire de Jésus-Christ ne craindrait point de déchoir en restant le souverain spirituel de deux cents millions de chrétiens.

C'est alors que, voulant donner une forme à notre pensée, nous avons mis en regard les trois faits principaux dont se compose notre trilogie : l'Empire romain, le Christ, la Papauté.

Dans la première partie, nous avons développé, aux pieds de l'Éternel, les souffrances de l'humanité, à l'époque où l'empire romain pesait de toute sa tyrannie sur le monde, laissant entrevoir la venue d'un Sauveur comme une lueur à l'horizon.

Dans la seconde, nous avons groupé les diverses phases saillantes de la vie de Jésus-Christ, depuis sa naissance jusqu'à sa résurrection, devant servir de modèle aux générations futures.

Dans la troisième enfin, après nous être convaincu du danger qu'il y a pour la papauté à prétendre conserver, en dépit des populations, un pouvoir plus compromettant que productif, nous nous sommes dit : Serait-il donc sans grandeur le rôle que joueraient le saint-père et les cardinaux, en tranchant eux-mêmes la question vitale du moment, et en régénérant un grand peuple, mis par eux en possession de ses droits ?

Lorsqu'on porte au front l'auréole du vicaire de Jésus-Christ, peut-on tenir à l'éclat passager du diadème, et le divin fondateur du christianisme n'a-t-il point voulu lui-même prévoir les éventualités futures, en prononçant ces mots : « *Mon royaume n'est point de ce monde ?* »

Si maintenant l'on s'inquiète du sort réservé à cette papauté, dépouillée de son patrimoine, nous dirons : Lorsqu'en 754, un prince, par sa seule puissance, parvint à investir le pape Étienne II des États enlevés à la domination des Lombards, et à constituer ainsi une souveraineté nouvelle, malgré les intérêts divers qui s'en trouvaient lésés, serait-il donc si difficile aux souverains des États catholiques d'assurer, d'un commun accord, au chef de l'Église, une digne indépendance, dont la conservation d'un semblant de couronne ne lui laisse pas même l'illusion?

Deux mots enfin sur le caractère religieux de cet ouvrage.

On pourra nous demander, peut-être, si nous croyons avoir gardé les convenances, en transportant sur la scène un sujet aussi digne de notre vénération.

Nous répondrons :

Nous ne sommes point de ceux qui, découragés aux applaudissements prodigués par la foule à des scènes scandaleuses, croient que le goût public, perverti, ne saurait écouter avec respect un langage plus élevé. Nous pensons, au contraire, que les masses accueilleraient encore, avec le même intérêt qu'autrefois, les sujets religieux qu'on leur présenterait sous un aspect et dans un style dignement appropriés.

Nous croyons que nulles représentations théâtrales n'ont eu plus de succès que les *Mystères*, dans lesquels les plus respectables personnages de l'époque tenaient à honneur de figurer, et la seule méfiance qui assombrisse notre esprit, prend sa source dans la crainte que notre talent ne soit point à la hauteur de nos intentions.

PREMIÈRE PARTIE

JÉHOVAH

PREMIÈRE PARTIE

PERSONNAGES :

JÉHOVAH.
ANGES PRINCIPAUX.
ANGES ÉCHELONNÉS.

Au lever du rideau, la scène représente le point culminant d'une
sphère éclairée par une lumière éclatante. Ses courbes prolongées
doivent se perdre, par la perspective, dans les bas côtés du théâtre.
A la cime de cette sphère, le Très-Haut est assis sur un trône res-
plendissant. Au-dessous de lui, agenouillés par échelons sur les parties inférieures du globe, des lignes profondes d'archanges, de séraphins, etc., les yeux levés vers l'Être suprême, écoutent avec
respect les paroles qu'il prononce. — Les anges qui prennent part
au dialogue doivent être les plus rapprochés du Tout-Puissant. Leurs
costumes sont analogues aux idées que l'on se forme de ces habi-
tants du céleste séjour. — La toile du fond, les coulisses et les frises,
ne figurent qu'une teinte bleuâtre et vague, représentant l'Éther.
Une musique harmonieuse précède le lever du rideau et doit faire

entendre des accords célestes, qui cessent de résonner à l'instant où l'Éternel prend la parole.

SCÈNE UNIQUE

JÉHOVAH.

Vous tous qui m'écoutez, vous que, dans ma puissance,

Il m'a plu de former d'une céleste essence,

Afin qu'en votre éclat, je pusse apercevoir

Celui de ma grandeur ainsi qu'en un miroir :

Je veux, de ma bonté pour vous donner un gage,

Du destin à vos yeux dérouler une page,

Et comblant vos désirs, en mes divines mains,

Balancer avec vous l'avenir des humains.

Archanges, séraphins, la divine auréole

Qu'à vos fronts éclatants attacha ma parole,

Un jour s'illumina d'un éclair de bonté,

A moi seul appartient ce mot : Éternité !

L'univers incréé n'avait pas vu paraître

Ces mondes merveilleux tous reflets de mon être,

Et ces rayons épars, en moi seul réunis,

N'avaient point pénétré les gouffres infinis.

Quand, voulant rendre enfin ma lumière féconde,

Je veux, dis-je, et, soudain, je fis naître le monde.

Un seul son de ma voix peupla l'immensité ;
Le feu de mes regards, dans l'espace arrêté,
A la nuit du néant en arrachant ses voiles,
Vint fixer dans les cieux les brillantes étoiles,
Et mon souffle puissant dans chacun de ces corps,
Fit régner à jamais de célestes accords.
Mais ces trésors sacrés, cette pure harmonie,
Décelaient vainement ma grandeur inouïe,
Nul œil à ces rayons ne venait s'enflammer,
Pour chanter point de voix, point de cœurs pour aimer.
Ces splendides séjours, comme un palais sans maître
Pour se voir animer semblaient attendre un être,
Qui, de tant de beautés sentant la profondeur,
Sût en les admirant en deviner l'auteur ;
Et chaque sphère alors reçut, pour son partage,
Un être intelligent pareil à mon image.
Ah ! ma main généreuse avait mis dans son cœur
Les plus doux éléments d'un céleste bonheur.
Pour le mieux distinguer de la nature entière,
Des corps sans volonté, de l'inerte matière,
Sur lui je prétendais épuiser ma bonté,
En le mettant au monde avec la liberté.
Par ce don précieux, c'était à ma puissance
Égaler les ressorts de son intelligence,
Balance où pesant tout à sa juste valeur,

Il pouvait à son gré repousser le malheur,

Pour veiller aux destins de ces œuvres sublimes,

Je voulus qu'en tout temps, franchissant les abîmes,

Votre sollicitude apportât en tous lieux,

Dessus vos ailes d'or, une brise des cieux ;

Afin que du bonheur, la route toujours sûre,

Fût un chemin frayé pour toute la nature.

Et vos yeux cependant, sur mon trône arrêtés,

Semblent attendre encor de nouvelles bontés ?

PREMIER ANGE.

Seigneur, quand vos regards sur nous daignent descendre,

Et que de votre voix un son se fait entendre ;

En vain nous voudrions sur ce front radieux,

Sans qu'il nous éblouît, fixer nos faibles yeux ;

Dans votre amour, Seigneur, de ces flots de lumière,

Vous versâtes un jour un rayon sur la terre,

Et dans le cœur de l'homme aussitôt enfanté,

De ce reflet du ciel jaillit la liberté.

Feu divin qui brûla son âme trop sensible,

Et du plus doux des biens fit un fléau terrible.

De ce souffle enivrant, jouet infortuné,

Du sentier de justice on le vit détourné ;

Tour à tour poursuivant une nouvelle route,

Et ne pouvant jamais rencontrer que le doute ;

Libre en ces vastes champs, l'ardente passion

Colora de son feu la douce illusion ;
A la vertu, le crime empruntant son langage,
Vit les humains séduits sourire à son image
Cherchant tous les plaisirs pour se remplir le cœur,
Épuiser tout enfin... sans trouver le bonheur.

DEUXIÈME ANGE.

Au séjour des humains existaient des rivages,
Baignés par de beaux lacs, bordés de frais ombrages,
Dont les limpides eaux, brillant miroir des cieux,
N'avaient jamais osé franchir leurs bords heureux.
En ces lieux fortunés, une brise légère
Apportait chaque jour ses parfums à la terre,
Et l'habitant joyeux de ce charmant séjour
S'enivrait de repos, de bonheur et d'amour.
Tout à coup cet azur, vierge encor de nuage,
Fut un jour assombri sous le flanc d'un orage,
Et cette eau transparente où l'œil pouvait plonger,
En un limon impur vint soudain à changer.
Seigneur, le cœur de l'homme est cette onde tranquille,
Que les vents bienfaisants choisissaient pour asile ;
Le souffle impétueux qui trouble sa clarté,
C'est ce bien incompris qu'il nomme liberté !

JÉHOVAH.

Mais cette faculté, qu'en lui j'avais placée,

De mouvoir à son gré le bras et la pensée,
N'était pas un désert où l'œil du genre humain
Ne trouvait pour marcher ni guide, ni chemin.
Afin de lui tracer la route qu'il doit suivre,
N'est-il pas, devant lui sans cesse ouvert, un livre
Où, sur quelque feuillet que l'on jette les yeux,
Chacun peut admirer quelque reflet des cieux ?
Le parfum de la fleur, c'est la divine essence ;
Le rayon du soleil, l'œil de la Providence ;
L'étoile dans la nuit, un guide vers le ciel ;
L'abondance des champs, la main de l'Éternel ;
Et pour mieux l'éclairer, ainsi qu'un phare immense,
Devant son cœur enfin je mis la conscience.

TROISIÈME ANGE.

Ah ! Seigneur, pardonnez à son aveuglement,
A ses yeux ce flambeau ne brille qu'un moment.
A l'âme de l'enfant, sa divine lumière,
Miroir de vérité, se montre tout entière ;
Mais quand plus tard le crime, au langage flatteur,
Devant lui s'est paré d'un masque séducteur,
L'homme, pour se guider, prend, selon ses caprices,
D'autres fausses clartés que préfèrent ses vices.

JÉHOVAH.

Lorsque l'homme de Dieu méconnaît la bonté,

Si son sort est à plaindre, il l'a trop mérité.
J'avais autour de lui, pour embellir sa vie,
Prodigué des trésors que le ciel même envie,
Et si son cœur, trompé par un orgueil menteur,
N'avait pas détourné la source du bonheur,
Sa voix n'exhalerait ni plainte ni murmure,
Mais dans des chants d'amour bénirait la nature.
Malgré tout le pouvoir qu'en vos mains j'ai remis,
A vos esprits jamais il n'eût été permis
De sonder à quel point j'avais, dans ma clémence,
D'ineffables bienfaits comblé son existence.
Mais à mon trône enfin, puisque vous apportez
Leurs murmures ingrats, il le faut, écoutez :
Il vous souvient du jour où ma voix fit éclore
Pour ce monde naissant une première aurore ;
Quels tableaux imprévus de sublimes beautés
Furent à vos regards par mon souffle enfantés.
Un soleil éclatant, dans des flots de lumière,
De ses rayons sans nombre illumina la terre :
Tout s'anima soudain à sa douce chaleur,
Et pour mieux adorer la main du créateur,
On entendit alors, naître au sein du silence,
Un concert d'allégresse et de reconnaissance.
La terre, se parant des plus riches couleurs,
Se couvrit de verdure, et de bois et de fleurs.

Sous mille aspects divers, ma bonté prévoyante
Avait mis en tous lieux quelque preuve vivante.
Pour mon hôte nouveau, dans ce séjour heureux,
Tout paraissait s'offrir au-devant de ses vœux;
L'arbre chargé de fruits offrait pour nourriture
Des sucs délicieux à chaque créature.
Des rayons du soleil, pour tempérer l'ardeur,
De limpides ruisseaux répandaient la fraîcheur;
Partout pour le charmer tout prenait un langage :
L'onde avait son murmure et l'oiseau son ramage.
Puis, quand la nuit enfin arrivait à son tour,
Pour réparer en lui la fatigue du jour,
Au doux frémissement d'une brise légère;
Un sommeil bienfaisant abaissait sa paupière :
Là ma munificence aurait pu s'arrêter,
Ces biens lui suffisaient s'il eût su les goûter.
Ce n'était point assez : achevant mon ouvrage,
Je voulus lui donner un bonheur sans partage,
Dont nul autre que lui ne connût la douceur,
Et j'en plaçai la source en son âme et son cœur.
Soudain tous les trésors de son intelligence
Lui vinrent dévoiler sa nouvelle existence;
Les biens matériels qu'en lui j'avais placés,
Le rendaient le premier des corps organisés;
Mais, par les sentiments, seul de la créature,

Il sut de ma grandeur partager la nature.

Répondez, maintenant, anges de son destin,

Vous, faits pour jalonner devant lui le chemin ;

D'où vient qu'il a brisé, dans sa main incertaine,

La coupe du bonheur qui s'y trouvait si pleine ?

QUATRIÈME ANGE.

Du jour où l'homme naît, soumis à ses erreurs,

Chaque pas dans sa vie est marqué par ses pleurs ;

Lui-même sous ses pieds se creusant des abîmes,

Trouve dans ses malheurs l'histoire de ses crimes,

Et des maux qu'il s'est faits, en tous lieux accablé,

L'excès de sa détresse à la fin est comblé :

Dans un vaste réseau, comme un aigle en sa serre,

Un peuple ambitieux tient esclave la terre,

Et, déjà corrompu par un funeste orgueil,

Prépare aveuglément son lugubre linceul.

Sa main, de ses vertus, empruntant sa puissance,

Punissait les tyrans, protégeait l'innocence,

L'excès de liberté vint le frapper au cœur,

En perdant ses vertus, il perdit son bonheur.

Les mille bras épars que partout il envoie,

Bassement corrompus, pour lacérer sa proie,

Sur les fronts dégradés attachent sans pudeur,

Pour d'infâmes penchants, l'écriteau du malheur ;

Tout ce qui des mortels embellissait la vie,

Religion, honneur, amour de la patrie ;
Jusqu'aux doux sentiments qui s'épandaient en eux,
Comme à l'herbe des champs un rayon chaleureux,
Tout s'est retiré d'eux, et, fleur étiolée,
Leur vie est comme un corps dont l'âme est envolée.
En vain de la vertu, pour réveiller la voix,
J'ai déployé mon vol sur la tête des rois ;
A la vérité sourds, ils n'ont de complaisance
Qu'en faveur du méchant, que contre l'innocence,
Et pour l'homme écrasé, ces maîtres absolus,
Négligeant son bonheur, sont un malheur de plus.

JÉHOVAH.

Des hommes la famille un jour fut si nombreuse,
Qu'ils se dirent entre eux : Choisissons parmi nous,
Pour guider de nos pas la marche aventureuse,
Un bras qui, devant nous, comme une étoile heureuse,
Soit un flambeau sacré qui rayonne pour tous.

Qu'il dise : c'est ici qu'il faut dresser nos tentes ;
Qu'il partage entre nous le fruit de nos labeurs ;
Et que de l'équité sa vertu prévoyante,
Faisant dans nos discours parler la voix touchante,
Rende le frère au frère et le calme à nos cœurs.

Sous la voûte des cieux, tous avec allégresse,

Firent passer un nom par chacun répété ;
Au plus digne d'entre eux donnant avec ivresse
Le droit de commander, acquis par la sagesse :
Et de ce jour ainsi naquit la Royauté.

La Royauté, mission sainte,
Reflet du pouvoir éternel :
Glorieuse et divine empreinte
Que je mis sur un front mortel ;
La Royauté, source féconde,
Faite pour épancher son onde,
Sur les maux que souffre le monde,
Intarissable charité ;
Sollicitude précieuse,
Qui fait par sa main généreuse,
Du peuple une famille heureuse,
Du trône une paternité !

Si les rois sont placés dans de plus hautes sphères
Que les autres humains, périssables comme eux,
C'est pour pouvoir au loin, en contemplant leurs frères,
Mieux découvrir les malheureux.

Tout ce luxe que la couronne
Au travailleur vient emprunter,

Sur le peuple qui le lui donne
A son tour doit se refléter,
Et, symbole de la puissance,
Il doit répandre l'abondance,
Comme le champ qui s'ensemence
Sous les efforts du laboureur,
Sait lui donner avec usure,
Pour son lit sa molle verdure,
L'éclat des fleurs pour sa parure,
Et le froment pour ses sueurs.

PREMIER ANGE.

Seigneur, de votre voix ils ont perdu la trace ;
Ils ont laissé flétrir l'épi dans les sillons,
Et leurs cœurs devenus une stérile glace,
Ne peut se réchauffer qu'à vos divins rayons.

Des faibles, en passant, ils ont brisé les crânes;
Ils ont fait un jouet du peuple gémissant,
Et les vils complaisants de leurs plaisirs profanes
Se sont engraissés de son sang.

JÉHOVAH.

C'en est assez, dessus leurs têtes,
Mon souffle, ainsi que les tempêtes,
Brisera leurs fronts orgueilleux;

Et les peuples dans la poussière,

Chassant ces tyrans de la terre,

Feront un choix plus digne d'eux.

Ah ! mon courroux devrait plutôt descendre

Pour consumer l'ouvrage de ma main,

Et d'un souffle au néant rendre ensuite la cendre

De tout le genre humain !

Il a dénaturé l'œuvre de ma clémence.

Du ciel le plus limpide il a terni l'azur,

Et de la liberté, composant la licence,

Fait un nuage épais du rayon le plus pur.

Ma bonté, cependant, cédant à vos prières,

De tant d'iniquités veut oublier le cours,

Et d'un baume divin, en calmant ses misères,

Faire encore pour lui renaître de beaux jours.

Pour ramener ses pas dans une heureuse voie,

Rempli de mon esprit, un Sauveur paraîtra :

A ses puissants accents, poussant des cris de joie,

Et secouant ses fers, chacun se lèvera.

Aux sons harmonieux de sa douce parole,

L'homme de son bonheur saluera le soleil,

Et, comme aux feux du jour, l'oiseau des nuits s'envole,
On verra sa douleur s'enfuir à son réveil.

Alors sur son chemin, pour ombrager sa route,
De rameaux bienfaisants formant comme une voûte,
Un arbre aux doux parfums, aux fruits délicieux,
Portera dans son sein un germe précieux,
Qui, ranimant bientôt les sources de la vie,
Ramènera l'espoir en son âme flétrie.

DEUXIÈME ANGE.

Et cet arbre, Seigneur, sur la terre implanté,
Quels seront donc ses fruits?

JÉHOVAH.

Justice et liberté!

La musique céleste qui avait précédé le dialogue se fait entendre de
nouveau et se perd en sons lointains.

LA TOILE TOMBE.

DEUXIÈME PARTIE

BETHLÉEM
LA CRÈCHE
LES ROIS MAGES

DEUXIÈME PARTIE

PERSONNAGES:

MARIE ET L'ENFANT JÉSUS.
SAINTES FEMMES.
SIMÉON.
ÉPHRAÏM, BERGER.
TROUPE DE BERGERS.
LES ROIS MAGES.
SUITE DES ROIS MAGES.

Le théâtre représente sur le dernier plan, à gauche des spectateurs, mais assez de face pour que la perspective puisse frapper les yeux du public, une étable d'un genre rustique en forme de grotte, dont l'ouverture, assez large pour ne pas gêner la vue, laisse dans la profondeur apercevoir ce qui se passe dans la crèche, où se trouve le divin enfant nouveau-né. Le reste du paysage doit représenter quelques habitations, faisant partie de la ville de Bethléem. — Il fait nuit. Les rayons de la lune perçant à travers le feuillage des arbres qui entourent l'étable, éclairent faiblement la scène. Une vive lumière, d'une nuance entièrement différente, paraît autour de la crèche et donne une teinte mystérieuse au tableau. — Au lever de la toile, on aperçoit dans le fond de l'étable, près de l'Enfant divin, les saintes femmes et Marie, qui tient le nouveau-né dans la position si admirablement rendue par Raphaël. Une troupe de bergers, entrant par le côté droit, s'avance sur le devant de la scène.

SCÈNE PREMIÈRE

MARIE, SIMÉON, FEMMES, dans l'étable ; TROUPE
DE BERGERS, ÉPHRAÏM, en dehors.

PREMIER BERGER, s'avançant en regardant l'étable.

C'est ici, compagnons, rendons grâces à Dieu !...

Nous n'en pouvons douter, voici bien le saint lieu,

Où nous devons trouver cette source féconde,

Dont les eaux dans leur cours rajeuniront le monde ;

Mystérieux séjour, choisi par le Seigneur,

Et d'où l'humanité recevra son sauveur.

DEUXIÈME BERGER, à Éphraïm.

Maintenant, Éphraïm, peux-tu douter encore

Qu'en cet enfant sacré que Dieu veut qu'on adore,

Soit ce libérateur si longtemps attendu,

Du céleste séjour à la fin descendu ?

ÉPHRAÏM.

Amis, je dis toujours que souvent de nos songes

On a vu le hasard appuyer les mensonges,

Et que si Dieu voulait envoyer parmi nous

Ce fils tant désiré, notre espérance à tous,

Il saurait bien au moins le montrer à la terre,

Entouré des grandeurs qu'ici-bas on révère,

Et n'aurait pas, fondant un empire nouveau,

Fait d'un réduit obscur un indigne berceau.

TROISIÈME BERGER.

Ah! pourquoi, comme à nous, Éphraïm, à ta vue

La face du Seigneur, tout à coup apparue,

En ton âme portant sa divine clarté,

N'a-t-elle pas vaincu ton incrédulité?

Puisqu'absent, tu n'as pu voir ce moment étrange,

Où, descendant des cieux, Dieu lui-même ou quelque ange,

Est venu nous bercer d'un espoir enchanteur,

Sache au moins quel prodige a frappé notre cœur;

Puis, si dans ton esprit il reste quelque doute,

C'est qu'alors le Seigneur l'aura voulu...

ÉPHRAÏM.

J'écoute

PREMIER BERGER, s'avançant sur le devant de la scène.

La nuit, depuis longtemps ramenant le repos,

Avait autour de nous rassemblé nos troupeaux;

De la lune déjà la tremblante lumière,

Dépassant la montagne, illuminait la terre.

Tout bruit avait cessé... Dans le lointain parfois,

D'un berger isolé, l'on entendait la voix,

Le murmure de l'onde apporté par la brise,

Ou l'aboiement d'un chien craignant quelque surprise.

En cercle réunis, chacun selon son tour,

Cherchant un souvenir ou de gloire, ou d'amour,

Racontait les hauts-faits qu'en des temps plus prospères,

Sous l'aile du Seigneur, accomplissaient nos pères.

Là, c'était Pharaon, dont l'impuissant orgueil,

Rencontrait dans les flots un éternel cercueil.

Au milieu du désert, tantôt c'était Moïse,

Dont le bras nous guidait vers la terre promise;

De Ruth et Noémi, l'un disait les malheurs,

Dont le touchant récit nous arrachait des pleurs;

Ou c'était de David la glorieuse histoire,

Alors qu'à Goliath il ravit la victoire;

Et Salomon son fils, qui, sous son règne heureux,

Élevait au Seigneur un temple merveilleux;

Souvenirs de grandeur, abreuvés d'amertume,

Qui, de tous nos malheurs, perçaient encor la brume.

Plus de larmes alors, plus de regret cruel,

Libre comme autrefois surgissait Israël;

Israël! maintenant déplorable patrie,

Sous la main étrangère indignement flétrie;

Israël! qu'aujourd'hui fécondent nos sueurs
Pour combler les trésors des barbares vainqueurs.

ÉPHRAÏM, l'interrompant.

Aussi, ce qu'il nous faut, amis, c'est la vengeance :
Dans un débile enfant, n'ayons pas d'espérance,
Mais que dans notre main, un fer ensanglanté,
Soit le nouveau signal de notre liberté!...

DEUXIÈME BERGER, réprimant son mouvement.

Tandis que du passé cette enivrante image,
En nos cœurs, comme au tien, venait souffler la rage,
D'un nuage éclatant la divine lueur,
De nos doux souvenirs vint dissiper l'erreur.
Au centre éblouissant de l'étrange lumière,
Et sous des traits divins inconnus à la terre,
Un ange était debout... Saisis à son aspect,
Et le cœur frémissant de crainte et de respect,
Nous sentîmes en nous, sous son regard de flamme,
Une clarté céleste illuminer notre âme;
Puis, de sa douce voix les sons harmonieux,
Résonnant dans les airs comme un accord des cieux :
« Gloire à Dieu! nous dit-il; qu'un transport d'allégresse,
Dès ce moment en vous succède à la tristesse;
Le règne du Seigneur à la fin a sonné,
Car pour le genre humain un rédempteur est né.

Des envoyés divins la sainte prophétie,
Depuis longtemps déjà promettait un messie.
Au nord de Bethléem, rendez-vous sans retards,
Là des signes certains sauront, à vos regards,
Révéler ce Sauveur, qu'en sa bonté féconde
Dieu donne pour fermer les blessures du monde.
Sous sa divine loi, les hommes épurés,
Dans leurs cœurs sentiront des plaisirs ignorés,
Et dans sa gratitude alors, la créature
Enfin joindra sa voix aux voix de la nature. »

DEUXIÈME BERGER.

Il allait, à ces mots, s'envoler vers les cieux,
Quand, d'un commun accord, vers lui levant les yeux :
« Seigneur, avons-nous dit, achevez votre ouvrage;
Notre esprit, obscurci par un épais nuage,
Pourra-t-il au travers se guider sans erreur,
Vers le trône inconnu de ce libérateur?
Ou, de gloire entouré, l'éclat de sa couronne,
L'appareil du pouvoir qui déjà l'environne,
Doit-il à tous les yeux, dévoilant sa grandeur,
Désigner aux humains l'envoyé du Seigneur? »

PREMIER BERGER.

« Écoutez, reprit-il, une aveugle ignorance,
Dans un éclat menteur a placé la puissance;

Quels que soient en naissant des titres superflus,
L'enfant dans le berceau n'est qu'un mortel de plus.
L'homme qui, sur son front, reçoit le diadème,
Voudrait dans son orgueil s'égaler à Dieu même.
Mais de la pourpre en vain il se voit revêtu,
Car sa seule grandeur n'est que dans la vertu.
Vous craignez, dites-vous, de ne pas reconnaître
Celui que le Très-Haut choisit pour votre maître ?
Eh ! bien, un mot encore..... Un riche possesseur,
Pour ses troupeaux, un jour, eut besoin d'un pasteur.
Deux bergers devant lui, pour remplir cet office,
Offraient en même temps d'entrer à son service :
« Chacun de vous, dit-il, pendant des jours égaux,
« Dans la montagne ira garder mes bestiaux,
« Et celui qui des deux aura, plein de sagesse,
« Par de plus tendres soins, augmenté ma richesse,
« Trouvera près de moi le prix de ses labeurs,
« Et j'inscrirai son nom parmi mes serviteurs.
« Allez, n'oubliant point que, pour autrui, qui veille,
« Ne doit jamais fermer qu'un œil et qu'une oreille. »
Ils tirèrent au sort, le plus âgé partit,
Et quand au jour marqué des monts il descendit,
A peine on reconnut le troupeau qui naguère
Offrait à tous les yeux l'état le plus prospère ;
Et pauvre, languissant, ce qui n'était pas mort,

Pour rentrer au bercail, marchait avec effort.
Au gouffre du torrent, le gardien infidèle
Avait vu s'engloutir sa brebis la plus belle ;
Le tigre, une autre fois, à l'heure du repos,
Avait dans le désert emporté ses agneaux,
Et victime du sort, mais plein de confiance,
Il revenait pourtant, fort de sa conscience......
Rassemblant ces débris, le second à son tour,
Prit le même chemin dès la pointe du jour.
Dans un riche vallon, qu'une verte colline,
Aux versants ombragés, de toutes parts domine,
Il guide son troupeau. Jamais loin de ses yeux,
Nul agneau ne s'expose en des pas dangereux ;
Dans le jour, abrité par un épais ombrage,
Il sait choisir sans cesse un plus gras pâturage,
Et, sans crainte, au sommeil il se livre la nuit,
Car son chien vigilant l'éveille au moindre bruit.....
Or, comme il était dit, à son tour dans la plaine,
Du maître impatient il gagna le domaine :
Jamais dans son étable, aux temps les plus heureux,
Il n'avait vu rentrer ses troupeaux plus nombreux ;
Et le cœur plein de joie et de reconnaissance,
On le vit à genoux bénir la providence :
Selon vous maintenant, quel fut le serviteur
Que l'on peut justement appeler un pasteur ? »

ÉPHRAÏM.

Sans doute, avez-vous dit, celui dont la prudence
Au logis de son maître amena l'abondance ?

TROISIÈME BERGER.

« C'est pourquoi, reprit l'ange, à ces traits généreux
Vous connaîtrez celui que j'annonce en ces lieux.
Faible enfant, aujourd'hui, couché dans une étable,
De la vertu cachée emblème respectable,
Il veut, en méprisant des honneurs révérés,
Prouver que l'indigence a des droits plus sacrés ;
Et de la vérité traçant un jour la route,
Sa voix en grandissant dissipera le doute.
L'homme alors comprendra que Dieu, dans sa bonté,
Donne à chaque mortel sa part de liberté.
Que c'est pitié de voir, en butte à la misère,
Ceux qui de leurs sueurs fertilisent la terre.
Que la nature enfin ne peut impunément
Voir enfreindre ses lois, et qu'il vient un moment
Où le riche, ici-bas, doit dans son opulence,
Se faire un bouclier de la reconnaissance. »

ÉPHRAÏM.

L'éclat qui doit briller au front du Rédempteur
Sera donc... ?

PREMIER BERGER.

L'équité.

4

DEUXIÈME BERGER.

Sa bonté, sa splendeur.

ÉPHRAÏM.

Sa force?

TROISIÈME ANGE.

La vertu.

ÉPHRAÏM.

Son glaive?

PREMIER BERGER.

La parole.

ÉPHRAÏM.

Pour couronne à son front?

DEUXIÈME BERGER.

La divine auréole.

ÉPHRAÏM.

Son triomphe éclatant?

TROISIÈME BERGER.

L'auguste vérité.

ÉPHRAÏM.

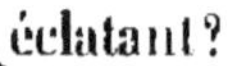

Ses plaisirs?

PREMIER BERGER.

Des bienfaits.

ÉPHRAÏM.

Sa loi?

DEUXIÈME BERGER.

La charité!...

TROISIÈME BERGER.

En achevant ces mots, soudain, à notre vue
L'ange, comme un éclair, disparut dans la nue.

> Pendant ce qui précède, Éphraïm a dû avoir un jeu de scène qui laisse
> évidemment apercevoir l'impression que ces révélations font sur son
> cœur; et, lorsque le troisième berger achève de parler, un air de
> conviction succède à sa précédente incrédulité.

PREMIER BERGER.

A ces traits, Éphraïm, pourrait-on s'égarer,
Et que devons-nous faire?

ÉPHRAÏM, avec inspiration.

Il nous faut adorer!...

> En achevant ces mots, ils se dirigent tous vers l'étable. Le vieillard
> Siméon, à leur aspect, sort de la grotte et vient à leur rencontre
> s'informer du motif qui les amène.

SCÈNE II

LES BERGERS, SIMÉON.

SIMÉON.

Enfants, que voulez-vous? Quel motif à cette heure
Vous fait chercher ainsi cette pauvre demeure?

PREMIER BERGER.

Nous cherchons, saint vieillard, celui que le Seigneur
Nous a fait annoncer sous le nom du Sauveur.
« Allez, a dit sa voix. Dans le fond d'une étable

Vient de naître un enfant. Sous ce toit misérable
S'apprête pour la terre un brillant avenir,
Et de l'iniquité le règne va finir. »

SIMÉON, s'avançant avec enthousiasme.

Dans la tombe, ô mon Dieu ! je puis enfin descendre :
Je l'ai vu, ce Sauveur promis aux nations.
Mon âme, envole-toi ; repose en paix, ma cendre,
Car l'avenir déjà semble me faire entendre
L'hymne de liberté des générations.

Peuple, réjouis-toi, ton règne enfin commence,
Le soutien de tes droits vient de naître en tes rangs,
Et de tes oppresseurs l'orgueilleuse puissance
Devant l'élu de Dieu va courber sa démence,
Ainsi que le roseau sous le souffle des vents.

Passant comme un torrent qui ravage le monde,
Les méchants ont courbé les hommes sous leur loi;
Mais sous l'impur limon déposé par cette onde
Vois de l'humanité la semence féconde
Germer plus libre enfin. Peuple, réjouis-toi !

Réjouis-toi; bientôt la raison vengeresse
De tes droits méconnus te rendra possesseur,
Et, transformant soudain en force ta faiblesse,

Tu reprendras la part qu'en sa sainte sagesse
A toute créature accorde le Seigneur.

Dans la tombe, ô mon Dieu ! je puis enfin descendre :
Je l'ai vu, ce Sauveur promis aux nations.
Mon âme, envole-toi; repose en paix, ma cendre,
Car l'avenir déjà semble me faire entendre
L'hymne de liberté des générations !...

> À ce moment, une plus vive lueur semble éclairer l'intérieur de l'étable. Une musique harmonieuse se fait entendre, semblable au chœur des anges dont parle l'Évangile.

Écoutez, écoutez ces saintes harmonies,
Emblème des respects dus à la pauvreté ;
Présage avant-coureur des grandeurs infinies
Que sous la main de Dieu les nations unies
        Préparent à l'humanité !

> La musique continue à se faire entendre. Siméon et les bergers écoutent en extase, les yeux tournés vers la crèche. Pendant cette scène muette, on voit arriver, par plusieurs détours, la caravane des Rois Mages, dont la marche est progressivement éclairée par le jour qui commence à poindre.

SIMÉON, apercevant les pèlerins, aux bergers.

Voyez ces pèlerins, enfants, sur la colline
Que d'un rayon naissant déjà l'aube illumine;
Peut-être comme vous, guidés par le Seigneur,

4.

Viennent-ils adorer le divin Rédempteur.

Car l'esprit de Dieu seul peut apprendre à la terre

De ses secrets desseins le ténébreux mystère.

ÉPHRAÏM, *avec transport.*

Judée, ô ma patrie! a-t-elle enfin sonné,

L'heure où, de tous tes maux le torrent détourné,

Dans tes champs appauvris ramenant l'abondance,

Au cœur de tes enfants renaîtra l'espérance?

SIMÉON.

Amis, je suis bien vieux, et souvent nos malheurs

A mes yeux affaiblis ont arraché des pleurs!

Que de fois, en sondant nos blessures profondes,

Las d'exhaler toujours des plaintes infécondes,

J'ai cherché le secret de cette adversité

Qui pèse incessamment sur notre humanité!

La raison, ce flambeau de notre intelligence,

Dans le fond de nos cœurs mis par la Providence,

Sur l'abîme entr'ouvert a jeté des lueurs

Qui me font découvrir des horizons meilleurs.

ÉPHRAÏM.

Béni soit donc le jour où, de notre arche sainte

Ressuscitant enfin la gloire presque éteinte,

Sur toutes les cités, ô divine Sion!

De nouveau s'étendra ta domination !...

SIMÉON.

Non, ces temps sont passés, enfants; la nouvelle ère
Va du monde vieilli changer la face entière.
A quoi bon ces grandeurs dont chacun est jaloux?
Trop de bonheur pour un, c'est le malheur pour tous.

DEUXIÈME BERGER.

Mais du Dieu des combats si le glaive terrible,
Dans la main d'un héros par lui seul invincible,
Ne vient pas arracher à l'inique oppresseur
Les champs de nos aïeux foulés par un vainqueur,
A l'esclave opprimé qui rendra l'espérance,
Qui brisera ses fers?

SIMÉON.

L'abus de la puissance...
D'un regard pénétrant, sur ce vaste univers,
Enfants, j'ai contemplé tous ces mortels divers;
Étrangers par leurs lois, frères par la souffrance;
Au sein du même Dieu tous ayant pris naissance,
Et pourtant abreuvés, par un destin cruel,
Quelques-uns d'ambroisie, et presque tous de fiel.
Au profit des premiers la nature se pare,
Pour les seconds en tout sa main se montre avare,
Et des desseins de Dieu l'infaillible équité

Ne peut vouloir ainsi cette inégalité.
Semblable au voyageur qui remonte en sa course
Le fleuve dont il veut reconnaître la source,
J'ai suivi, du passé déroulant le tableau,
Chaque peuple à son tour, jusque vers son berceau...
Amis, chaque matin au lever de l'aurore,
De limpides clartés l'Orient se colore,
Puis bientôt du soleil les rayons absorbants
Perdent sous des vapeurs leurs feux éblouissants,
Et dans les flancs épais d'un menaçant nuage
Vers le déclin du jour éclate enfin l'orage...
Les nations aussi reçoivent en naissant,
Plein d'un souffle divin, un fondateur puissant,
Dont l'esprit lumineux les guide dans leur marche,
Comme autrefois la nue au-devant de notre arche.
Sous les regards de Dieu, leurs équitables lois,
Sondant tous les besoins, assignent à la fois
Les droits et les devoirs dont la juste balance
Seule des nations garantit l'existence.
Tant que de leurs vertus le fécond souvenir
Intact au fond des cœurs a su se maintenir,
Nulle oreille n'entend le cri de la misère,
Le chef est un soutien, le puissant est un frère,
Car, placés assez haut, les rayons chaleureux
D'un éclat toujours pur rejaillissent sur eux.

Puis, voici que le temps dans sa marche amoncelle

Au vent des passions, source impure et cruelle,

L'égoïsme, l'envie et les tristes fléaux

Qui, semés à leur suite, engendrent tous les maux ;

Victime du plus fort, mais plein de patience,

Longtemps le faible encor se plaint par le silence :

L'injustice grandit, alors dans tous les cœurs

Grondent, mais sourdement, des murmures vengeurs.

Insensible à ce bruit, sans pitié pour les larmes,

L'heureux du jour se rit, à l'abri de ses armes,

Jusqu'à l'heure où d'Abel vengeant l'injuste sort,

A ces nouveaux Caïns répond un cri de mort.

PREMIER BERGER.

Tel est donc le destin des hommes sur la terre,

Ensanglanter toujours une vie éphémère !

SIMÉON.

Il n'en peut être ainsi : le souverain Seigneur

De l'œuvre de ses mains ne veut point le malheur.

D'un heureux avenir cet enfant est le gage,

Attendons avec foi ; la foi, c'est du courage !

> Au même moment et de façon que les arrivants entendent les derniers
> mots, entre par la droite du spectateur la caravane des Rois Mages
> montés sur des chevaux caparaçonnés richement. Ils sont suivis de
> serviteurs à pied, conduisant chacun un autre cheval chargé de
> présents.

SCÈNE III

LES PRÉCÉDENTS, LES ROIS MAGES, Suite.

*Les Rois Mages mettent pied à terre et s'avancent vers les Bergers
et Siméon.*

LE PLUS AGÉ DES MAGES.

Vous l'avez dit, celui qui sait fixer les yeux,

Plein d'un profond espoir, vers la voûte des cieux,

Y trouvera toujours une étoile brillante

Qui guidera ses pas, même dans la tourmente.

Ainsi de l'Orient, guidés vers ce séjour,

Nous rencontrons enfin l'objet de notre amour...

A Siméon.

Vénérable vieillard, vous que la Providence

Avant nous a rendu témoin de la naissance

De ce divin Enfant, espoir de l'avenir,

A nos pieux desseins daignez vous réunir,

Montrant les présents que les serviteurs ont découverts.

Afin que ces présents, à son auguste mère

Portent de nos respects un hommage sincère,

Et qu'en ses chastes mains, ainsi qu'au creuset l'or,

Notre tribut à Dieu monte plus pur encor.

*A la fin de ces mots, Siméon s'avance vers l'étable. La Vierge Marie,
venant à sa rencontre, entre en scène.*

SCÈNE IV

LES MÊMES, LA SAINTE VIERGE.

SIMÉON.

Bienheureuse Marie, ô vous, divin emblème
De cette pureté qui s'ignore elle-même,
Vous dont le Tout-Puissant a voulu faire choix,
Pour que l'humanité pût comprendre à la fois
Que l'enfant, ce doux fruit, né du sein de la femme,
Ne reçoit que de Dieu l'étincelle de l'âme,
Et que la mère chaste au cœur religieux
Seule donne naissance à l'homme vertueux,
Voyez auprès de vous, en ce jour d'allégresse,
Ces élus du Très-Haut partager notre ivresse.

MARIE.

Servante du Seigneur, ai-je donc mérité
D'avoir ainsi ma part de sa divinité?
O sainte mission, ineffable mystère,
Œuvre du Créateur que partage une mère,
Oui, les enivrements d'un céleste bonheur
Ont peine à contenir dans le fond de mon cœur.
Félicité des cieux, jouissance éternelle,
Feriez-vous moins d'heureux que l'amour maternelle?

UN MAGE.

Après l'humble dépôt de ces modestes dons
Qu'à votre divin Fils par vos mains nous offrons,
Permettez à des cœurs animés d'un saint zèle
D'exposer à vos yeux une crainte mortelle
Que Dieu, de l'avenir arbitre souverain,
A suscitée en nous pour un secret dessein.

MARIE.

Parlez, je suis soumise à son ordre suprême...

LE MAGE.

Sur le destin du juste il sait veiller lui-même.
Ainsi qu'une onde pure a souvent reflété
Des objets repoussants par leur difformité,
Il n'est pas que vos yeux, ô divine Marie !
N'aient entrevu parfois les maux de la patrie ;
Et qu'à travers les pleurs, d'un tyran détesté
Jusques à vous le nom n'ait été rapporté ?

MARIE.

Je sais que Dieu souvent, pour punir l'inconstance,
Sur son peuple infidèle appelant la vengeance
Et d'un bras étranger suscitant le courroux,
Obligeait le méchant à ployer les genoux :
Puis que, fléchi bientôt par la douleur sincère,
Au coupable soumis il pardonnait en père,

Et que d'un souffle seul, après le châtiment,
De sa sainte colère il brisait l'instrument.

LE MAGE.

Ajoutez que souvent, victime expiatrice,
Le juste du méchant partageait le supplice...

MARIE.

Expliquez-vous... est-il quelque pressant danger,
Qu'à vos discours, seigneur, je doive présager?

LE MAGE, consultant ses compagnons.

Nous le craignons...

SIMÉON, LES BERGERS, se rapprochant.

Parlez.

LE MAGE.

                    Nous ayant fait connaître
Que le Sauveur prédit enfin venait de naître,
Dieu, pour guider nos pas, fit briller à nos yeux,
Comme un flambeau divin, un astre radieux.
Nous partons, et bientôt Jérusalem la sainte
A nos pas empressés présente son enceinte.
Averti du motif qui nous guide en ces lieux,
Hérode, ce tyran barbare et soupçonneux,
Veut nous interroger, pénétrer ce mystère,
Arrivé jusqu'à lui par la voix populaire :
Au récit merveilleux par nous tous affirmé,

Son visage, un instant de fureur enflammé,
Se composa soudain, et de notre allégresse
Feignant de partager les transports pleins d'ivresse :
« Empressez-vous, dit-il, quand, grâce au saint flambeau,
Vous aurez découvert le splendide berceau,
Envoyez aussitôt à notre connaissance
De ce prodige heureux la complète assurance,
Afin qu'un des premiers, soumis au Roi des rois,
J'aille, sans nul retard, me ranger sous ses lois. »
L'impiété d'Hérode, hélas ! est trop connue ;
Du divin Rédempteur l'étonnante venue
Lui fait craindre un complot, au peuple suscité
Contre le joug pesant de son autorité...
Enfin, quand par un crime il croit sauver sa tête,
Hérode à l'accomplir a la main toujours prête !

Frémissement général de terreur.

MARIE, *avec effroi.*

Ciel ! qu'entends-je ? O mon fils ! de ton sang altérés,
Des tigres furieux, tranchant tes jours sacrés,
Voudraient à mon amour ravir ton innocence
Et d'Israël en pleurs étouffer l'espérance !

ÉPHRAÏM.

S'il en est temps encore, imitons nos aïeux,
Soulevons les tribus, et plutôt qu'à nos yeux

Sur le sang de David leur fureur s'accomplisse,
Que tout cœur généreux jusqu'au dernier périsse !

MARIE, *reprenant son calme.*

Arrêtez ! O mon Dieu ! pardonnez au transport
Qu'a fait naître en mon âme une image de mort.
Les projets du méchant, par votre loi suprême,
Sont souvent déjoués par le méchant lui-même,
Et votre ordre envers lui, pour être exécuté,
N'a besoin d'autre appui que votre volonté !

SIMÉON.

Rappelez-vous, amis, un éclatant exemple :
Joas, ce faible enfant, élevé dans le temple ;
Aux coups d'Hérode ainsi dérobez le Sauveur ;
Tel est l'avis secret qu'inspire le Seigneur.
Et, lorsqu'un jour, grandi sous l'aile tutélaire
D'un Dieu juste et vengeur, il devra sur la terre
Rendre enfin le bonheur aux peuples opprimés,
Par sa puissante voix les méchants désarmés
Verront briller le jour de votre délivrance.
La force est dans le droit, non dans la violence.

LA TOILE TOMBE.

TROISIÈME PARTIE

—

TROISIÈME PARTIE

JÉSUS-CHRIST.	JACQUES.
SATAN.	JEAN.
JUDAS.	DISCIPLES.
LA SAMARITAINE.	ARCHERS.
PIERRE.	

Le théâtre représente le jardin des Olives. — Il est nuit, une teinte lugubre recouvre le tableau.

SCÈNE PREMIÈRE

JUDAS, seul, entrant en scène.

Prêt à livrer Jésus, oui, je sens, malgré moi,
Dans le fond de mon âme un indicible effroi!...
Que cette obscurité, dans ce lieu solitaire,
Ajoute à ma terreur!... l'instant de la prière
Est arrivé bientôt!... et mon cœur agité,

Près d'atteindre le but, recule épouvanté!...

Il va venir!... le bruit du vent dans le feuillage

Semble annoncer son pas et glace mon courage...

Moi, son disciple aimé, moi, Judas, le trahir!

La trahison est lourde à qui ne peut haïr!...

Sa vie à mes regards se montre tout entière :

Nulle ombre n'y parait, je n'y vois que lumière,

Douceur, tendresse, amour, comme l'on aime au ciel,

Cœur pur où n'a filtré nulle goutte de fiel.

S'assombrissant tout à coup.

Mais pour nous qu'a-t-il fait, lui dont la main divine

A su nous révéler sa céleste origine ?

Partout persécutés, sans gloire, sans honneurs,

Que nous a-t-il valu d'être ses serviteurs,

Et de croire, bercés d'une vaine espérance,

Au delà du tombeau trouver la récompense?

Tous ces biens d'ici-bas, pourquoi les refuser?

Dieu les inventa-t-il pour les voir mépriser?

A ce moment, le fond du théâtre se décompose graduellement, et présente l'aspect d'un désert aride. Jésus est assis sur une des pierres dont le sol abrupt est jonché. — Judas, avec un jeu de physionomie gradué, continue :

O ciel! à mon esprit quel songe vient répondre?

Étrange vision !... venez-vous me confondre?...

Oui, c'est là ce désert, où, sans abri, sans pain,

Jésus voulut souffrir les horreurs de la faim...

Voilà bien, près de lui, cherchant à le séduire,
Ce démon que mon cœur en vain veut éconduire...

SCÈNE II

JUDAS, sur le premier plan; JÉSUS, SATAN, sur le troisième.

SATAN, debout devant Jésus.

Aux douleurs des humains à quoi bon t'abaisser,
Jésus, quand d'un seul mot tu les peux apaiser?
Fils du Très-Haut, comment ta divine nature
Consent-elle à subir une telle torture?
Si tel est ton pouvoir, d'un seul de tes regards
Transforme en aliments tous ces cailloux épars.

JÉSUS, se levant.

Satan, point de détours : à tes yeux, la souffrance
Est la privation; le bien, c'est l'abondance ;
Et l'homme, reniant la main du Créateur,
Doit des sens assouvis composer son bonheur.
Tu t'es trompé, Satan, dans la nature humaine
L'enveloppe est esclave et l'âme est souveraine.
Des appétits grossiers les impuissants efforts
N'exercent leur pouvoir que sur de faibles corps :
Mais l'âme, qui de Dieu reçoit sa noble essence,

Se nourrit de la foi, s'abreuve d'espérance,

Et, quel que soit le sort qui l'attende ici-bas,

Subit son temps d'épreuve et ne murmure pas.

Disparition graduée de Jésus et de Satan, de manière à simuler une vision qui s'évanouit aux yeux de Judas.

JUDAS, comme se réveillant.

Importuns souvenirs, qui trompez ma faiblesse;

Vous fuyez et pourtant sous ma main qui le presse

De mon cœur incertain je sens le battement !...

.   .   .   .

Avec force.

Laissez en paix mon âme, indigne égarement !...

Nouveau changement à vue gradué de la toile de fond, représentant une merveilleuse perspective de pays magnifiques, de cités opulentes, etc. Au devant de cette toile et sur le côté droit de la scène, apparaît une montagne sur laquelle se trouvent Jésus et Satan. Ce dernier lui montre du doigt le superbe tableau. — Nouvel effroi de Judas.

SATAN, à Jésus.

Ne ferme point, Jésus, tes yeux à la lumière :

Il n'est qu'un seul bonheur, être puissant sur terre;

Plonge de ton regard sur ce vaste horizon,

Pour un cœur généreux magnifique leçon.

En voyant ces trésors, ne sens-tu pas ton âme

De désirs inconnus nourrir l'ardente flamme?

JÉSUS.

Plus l'œuvre du Très-Haut se dévoile à mes yeux,

Plus mon cœur s'humilie et vole vers les cieux...

SATAN.

Quoi! sur tant de grandeurs exercer ton empire
N'est point un sort superbe auquel ton cœur aspire?

JÉSUS.

J'aspire à louer Dieu.

SATAN.

Partage son pouvoir...

JÉSUS.

Moi! né de ce matin, qui vais mourir ce soir!...

SATAN.

Use donc des instants qu'il met en ta puissance;
Donne un plus libre vol à ton intelligence,
Et, des faibles mortels méprisant le chemin,
Sous ton front aujourd'hui courbe le genre humain.

JÉSUS.

Ce pouvoir souverain, qu'un souffle peut détruire,
Ne saurait me toucher, Satan; quand l'homme expire,
Que reste-t-il pour lui de ces vaines grandeurs?

. . . .

Un rayon de soleil, le doux parfum des fleurs,
Charme le pâtre obscur, errant dans la vallée,
Quand du fier potentat, sous le froid mausolée,
Depuis longtemps déjà le corps enseveli
A sous la main de Dieu disparu dans l'oubli...

SATAN.

Qu'importe l'avenir, fumée après la flamme ?

Aux froides nuits des temps réchauffe donc ton âme

Jette plus en-avant la sonde dans ton cœur,

Jésus ; de ce tableau contemple la splendeur.

Un seul mot dans ta main met le sceptre du monde.

Ces moissons, ces trésors dont cette terre abonde,

Par des peuples nombreux réunis sous ta loi,

Vont être en un clin d'œil déposés devant toi,

Si tu veux, pour tribut de ta reconnaissance,

Rendre en te prosternant hommage à ma puissance.

JÉSUS.

Pernicieux conseils, hypocrites discours,

C'est vous, poisons subtils, qui corrompez toujours

Le bonheur des humains, dont la triste faiblesse

S'agite d'espérance au vent d'une promesse !...

Retire-toi, Satan, ne feins pas d'ignorer

Qu'à Dieu seul appartient de se faire adorer.

> À ces mots, Satan disparaît. Au même instant, des anges se prosternent aux pieds de Jésus. — La vision s'efface graduellement.

JUDAS.

Oui, mon esprit en vain veut chasser ton image,

Jésus ; de ton passé déroulant chaque page,

Tes bienfaits, tes vertus, entre mon crime et toi,

Présageant mes remords, se dressent devant moi.

Lorsque de l'équité ton accent prophétique
Annonce à l'avenir le règne pacifique,
Pourquoi tes ennemis, à te perdre acharnés,
De tes enseignements sont-ils donc consternés ?
Entre eux et toi comment établir la balance ?

> Tableau de la Samaritaine apparaissant lentement au moyen de gazes
> enlevées progressivement. Jésus est assis d'après la peinture connue.
> Une femme vient pour puiser de l'eau. — Pendant la formation de
> cette scène, Judas, agité, continue :

Où trouver la raison, où puiser l'espérance ?

> Nouvelle stupeur à l'apparition.

JÉSUS, à la Samaritaine.

Pour étancher la soif du pauvre voyageur,
Fille de Samarie, ô vous que le Seigneur
Conduisit de sa main vers cette onde limpide,
A ce vase laissez tremper ma lèvre aride.

LA SAMARITAINE, l'examinant.

Se peut-il que, des Juifs oubliant la fierté,
Parmi nos ennemis, vous, sans doute enfanté,
De nos deux nations méconnaissant la haine,
Vous n'ayez point horreur de la Samaritaine ?

JÉSUS.

Femme, si votre esprit eût reconnu la voix
Que votre oreille entend pour cette unique fois,
Pour calmer votre soif, c'est vous qui, la première,

Sans doute eussiez vers moi porté votre prière.

LA SAMARITAINE.

Pour prendre cette eau vive, avez-vous donc, Seigneur,
Mesuré de ce puits toute la profondeur?
Quel vase dans vos mains avez-vous pour l'atteindre?

JÉSUS.

L'eau de cette fontaine en vain voudrait éteindre
La dévorante ardeur, soif de la vérité;
La source dont je parle enfante la clarté.
Juif ou Samaritain peut puiser à son onde,
Qui pour tous les humains jaillit toujours féconde :
Femme, le jour approche où, désormais amis,
Les peuples égarés, trop longtemps ennemis,
Boiront aux mêmes bords et d'un regard d'envie
Ne verront plus les fils d'une même patrie.
Œuvre d'iniquité, haine des nations,
C'est vous qui les soufflez, viles ambitions!
Pour demeurer puissants, dans une nuit profonde
Vos mensonges sans crainte engloutiraient le monde,
Et, de l'intelligence éteignant le flambeau,
Vous prétendez régner, fût-ce sur un tombeau.
Malheur à qui, portant le pain de la parole,
Marchant environné d'une sainte auréole,
Dévoile à ses rayons votre perversité,
Et trace le chemin à la fraternité!

D'iniques jugements pour lui vos mains sont pleines ;

Semer la vérité, c'est récolter vos haines ;

Mais aux fausses grandeurs il vous faut dire adieu,

Car le souffle du peuple est la foudre de Dieu !

La vision disparaît.

JUDAS.

Comme un esquif battu des ondes agitées,

Ma conscience, en vain, entre ces deux idées

Flotte, et pour s'abriter voudrait gagner le port,

Toujours un flot nouveau la repousse du bord.

L'humanité tantôt sur la vague écumante,

Éclairant l'horizon, l'emporte triomphante ;

Dans l'abîme tantôt, par le doute entraîné,

L'autorité des temps le replonge enchaîné,

Sans que la vérité dans la nue éclatante,

Me signalant l'écueil, m'arrache à la tourmente.

A ces mots, le fond de la scène change et représente la mer, dont les vagues déferlent avec furie sur le rivage. Au loin, une barque, dans laquelle se trouvent Jésus et ses disciples, lutte avec peine contre la violence des flots. Jésus est paisiblement endormi. Les disciples, saisis de frayeur, se disposent à l'arracher au sommeil.

UN DES DISCIPLES.

C'en est fait, plus d'espoir, et notre heure dernière

Est arrivée, amis, malgré notre prière ;

La tempête en fureur déchaîne son courroux,

Et l'abîme bientôt va se fermer sur nous.

Du repos de Jésus la tranquille innocence
Ne nous peut garantir. Le péril qui s'avance
Nous absout de troubler son paisible sommeil...

Agitant le manteau de Jésus.

Seigneur, pardonnez-nous; mais votre seul réveil
Peut ranimer encor notre espérance éteinte.

TOUS.

Sauvez-nous, sauvez-nous !

JÉSUS.

A quoi bon cette crainte,
Hommes de peu de foi ! Lorsqu'au milieu de vous
Mon sommeil de la mer brave en paix le courroux,
Faut-il que tout à coup votre faible courage
Vienne s'évanouir à la voix de l'orage?

Pendant le morceau qui suit, Jésus, debout, appuyé contre le mât de la barque, doit opposer au désordre des éléments le calme d'une voix retentissante. — Levant les yeux au ciel :

Mon père, à quels destins l'homme est-il réservé,
Si, contre son bonheur un souffle soulevé
Suffit pour l'arrêter au milieu de sa route,
Porté par l'espérance, englouti par le doute?

A ses disciples.

Sur le monde vieilli, quand, pour construire un jour
Un système nouveau d'égalité, d'amour,
Il vous faudra saper, jusqu'en sa base antique,
L'édifice ébranlé d'un dogme fanatique;

A l'abus du pouvoir lorsque la vérité,
Substituant un jour la sainte liberté,
Fera voir aux enfants d'une commune mère
Sur un visage humain le visage d'un frère,
C'est alors que sur vous déchaînant sa fureur,
Pour écraser vos fronts, le démon de l'erreur
Appellera partout la foudre et les tempêtes ;
Plus de repos pour vous, plus d'abri pour vos têtes.
Apôtres d'équité, vous serez des voleurs,
Flambeaux de vérité, vous serez imposteurs.
Bientôt l'hypocrisie, avec un masque austère,
Fera sortir la nuit d'où venait la lumière ;
Quel sera votre sort, si, le front abattu,
Vous n'osez que souffrir, à force de vertu ?
En vous le genre humain perdant son espérance
Verra croître ses maux, fils de votre inconstance,
Et vos nobles desseins, méprisés, méconnus,
Serviront les méchants, qui ne vous craindront plus.

De ce moment, l'effet de scène doit graduellement changer. Les flots
de la mer doivent tomber par degrés. Les éclairs, la foudre, cessent,
le ciel se découvre, et la mer, redevenue parfaitement tranquille, doit
représenter un aspect ravissant.

Non, non, n'écoutez point ces faiblesses honteuses,
Contemplez sans frémir ces vagues écumeuses,
Le regard sur la lame et d'un bras ferme et sûr
Gouvernez, et le ciel reprendra son azur.

Comme à ma voix la mer reprend son lit tranquille,

Au soleil de la foi, l'humanité docile

Accueillera joyeuse un horizon nouveau,

Et d'un pas libre et fier reprendra son niveau.

La vision disparaît peu à peu. — Pendant la fin de cette tirade, Judas doit exprimer l'état d'irrésolution de son âme.

JUDAS.

Combats qui déchirez mon âme chancelante,

M'avez-vous donc vaincu?

Le théâtre a repris une obscurité plus intense. — Un silence de mort règne dans le jardin, dont les oliviers frémissent agités par le vent.

Tout ici m'épouvante!...

Ces tableaux surprenants dont sont frappés mes yeux

Sont-ils l'erreur des sens ou la langue des cieux?

Les sons majestueux de cette voix sonore

Dans les plaintes du vent retentissent encore...

Ils m'attendent... déjà!... Si je fuyais. . Sans moi

S'ils saisissaient Jésus!... Mon cœur, décide-toi!...

A ce moment, son exaltation lui fait faire un mouvement violent; son sac, où se trouvent les pièces d'argent, prix de sa trahison, tombe à terre. Le son métallique qu'elles font entendre change immédiatement son jeu de physionomie, qui doit tout à coup représenter la passion de la cupidité triomphant des bons sentiments. Il se baisse lentement, les yeux fixés sur le sac, le saisit, et, s'avançant sur le devant de la scène :

D'une amitié stérile, allons! brisons la chaîne,

Le son de ce métal et m'éclaire et m'entraîne;

Justice, humanité, reconnaissance, amour,

Vains mots qui m'obsédez, laissez-moi sans retour.

Réalité, richesse, amour de la puissance,

A vous mon bras, à vous mon cœur, ma conscience;

Que m'importent d'autrui la joie et le malheur!

Le crime est effacé, s'il fait notre bonheur.

> Il s'éloigne avec précipitation. — Jésus, suivi de Pierre, Jacques et Jean, entre dans le jardin sans l'apercevoir; son visage exprime la tristesse.

SCÈNE III

JÉSUS, PIERRE, JACQUES. JEAN.

JÉSUS.

Disciples bien-aimés, vous en qui ma tendresse

Épanche avec amour ma joie et ma tristesse,

Mêlez votre prière à l'étrange douleur

Qui, malgré mes efforts, s'empare de mon cœur.

Priez pour que mon âme à l'enveloppe humaine

Prête dans le combat sa force souveraine ;

Priez, mon heure approche....

PIERRE.

Hélas! que sommes-nous,

Pour nous interposer entre le ciel et vous,

Seigneur !

JÉSUS.

Malheur à qui doute de la prière!
Amis, lorsque l'esprit, détaché de la terre,
Monte comme un encens aux pieds de l'Éternel,
L'humanité s'efface, et le simple mortel,
En s'élevant vers Dieu, transforme sa nature,
Car près du Créateur grandit la créature...

A ce moment, Jésus, ayant à sa droite, un peu en arrière, Pierre et
Jean, s'avance de quelques pas et prononce avec inspiration céleste
les strophes suivantes :

Langue des cieux, sainte prière !
Lien sacré de l'homme à Dieu,
Souvenir que l'âme sur terre
Conserve du céleste lieu;
Élan d'une essence divine,
Qui sans cesse à son origine
Est avide de remonter ;
Comme ces corps que l'œil admire
Vers un astre qui les attire
Viennent à jamais graviter.

A ces derniers vers, les disciples s'agenouillent. Jésus s'avance davan-
tage en scène, et continue. — Au bout de quelques instants, les
disciples affaissés semblent céder au sommeil.

La prière comble l'abîme
Qui nous tient séparés du ciel ;

C'est un rayon qui nous ranime,
Dont le foyer est l'Éternel.
La prière, c'est l'espérance ;
C'est l'oubli de notre souffrance,
C'est pour l'âme, dans la douleur,
Comme la brise fraîche et pure
Qui, passant sur une blessure,
En éteint la trop vive ardeur.

Vers les demeures éternelles,
Pour implorer un doux secours,
Les anges lui prêtent leurs ailes
Et nous rapportent d'heureux jours.
Arme du faible, humble prière,
Ta voix, dans la nature entière,
Est un présage de bonheur.
Tes désirs ne sont que l'aurore
Des jours que nous verrons éclore
Près du trône du Créateur.

D'où vous vient, ô mon âme ! à cette heure suprême,
Malgré votre foi vive, une douleur extrême ?
Triste jusqu'à la mort, au moment d'accomplir
Vos saintes volontés, mon Dieu, vais-je faillir ?
De votre fils, Seigneur, éloignez ce calice,

La victime fléchit devant le sacrifice.

Se tournant vers les disciples.

Et vous que je chéris, oh! priez avec moi!

A mon cœur défaillant rendez sa force.....

Les voyant endormis.

Eh quoi!...

Dans unhonteux sommeil, quand le péril s'avance,

Vous osez vous plonger... et votre indifférence,

Il les réveille.

Indignes serviteurs, ne voit pas l'ennemi

Qui, pour nous perdre, hélas! n'est jamais endormi!

Amis, en vérité, je vous le dis encore,

Nul malheur ici-bas, nul poison qui dévore,

Des mortels aveuglés n'atteindrait mieux le cœur

Que cette indifférence en leur propre bonheur.

Quand d'un Dieu juste et bon la suprême puissance

Fit rayonner en nous l'esprit, l'intelligence,

Sans doute elle voulut que l'homme à sa clarté

Pût chercher le chemin de la félicité.

Nul n'est déshérité de la céleste flamme :

En recevant le jour chacun reçoit une âme,

Et ce divin rayon, faible en son unité,

A d'autres réuni, forme la vérité;

Sortez donc, sortez donc de votre léthargie :

Trop longtemps sommeiller, c'est renier la vie;

Amis, réveillez-vous, encor quelques instants,

Et pour votre salut il ne sera plus temps !

> À ces mots : *Réveillez-vous!* une troupe armée apparaît dans le jardin,
> dirigée par Judas. Le devant de la scène, occupé par Jésus et ses
> disciples, reste dans l'obscurité. Un falot, porté au haut d'une pique
> par un des hommes de la troupe, éclaire le point de la scène où elle
> se trouve.

JEAN, se retournant au bruit.

O ciel ! de gens armés une troupe s'avance !

Fuyons, fuyons, Seigneur ; qui sait si leur vengeance

Ne veut point s'exercer sur vos jours précieux ?

JÉSUS.

Le refuge du juste, amis, est dans les cieux.

Du méchant ici-bas qu'importe la puissance,

Lorsque pour s'abriter l'on a la conscience ?

> La troupe à ce moment entoure Jésus. Judas s'approche de lui
> et l'embrasse.

SCÈNE IV

JÉSUS ET LES DISCIPLES, JUDAS ET LA TROUPE.

JUDAS.

Salut, maître...

JÉSUS.

Judas !!! Judas, vous trahissez,

Sans mourir de douleur, celui que vous baisez...

Alors les hommes armés s'avancent et mettent la main sur Jésus. Un des disciples tirant son épée pour prendre sa défense, Jésus s'écrie :

Insensés, arrêtez ! au fourreau votre glaive !
Du juste, en vérité, le règne enfin se lève...
Qui cherchez-vous ?

UN ARCHER.

Jésus.

JÉSUS.

C'est moi qui suis Jésus.

A quoi bon ces soldats, ces glaives superflus ?
Celui qui de l'épée ose frapper son frère
Par l'épée à son tour finira sa carrière :
Pour me traquer ainsi, suis-je donc un voleur ?
Quel crime ai-je commis ? Au temple du Seigneur,
Quand, assis parmi vous, de la parole sainte
J'expliquais les leçons, à haute voix, sans crainte,
Que n'avez-vous sur moi déchaîné vos fureurs ?
Avais-je contre vous de nombreux défenseurs ?
Où trouvez-vous qu'alors ma voix juste et sévère,
Attaquant les abus répandus sur la terre,
Retentissait au cœur de ceux qui m'écoutaient,
Pareille à des échos qui vous épouvantaient ?
Ah ! si, pour protéger ma vie et ma doctrine,
J'eusse invoqué du ciel l'assistance divine,

Bientôt vous eussiez vu d'ardentes légions
Former autour de moi leurs sacrés bataillons ;
Comme le vent au loin disperse la poussière,
On vous eût vus frémir au souffle de mon père.

> À cet instant les soldats, terrifiés par la majesté de la parole de Jésus,
> s'écartent en le regardant d'un air consterné. Plusieurs détournent
> la tête. — Tableau.

Ou le front incliné, pour détourner ses coups,
Vous eussiez en tombant embrassé mes genoux !

> En finissant ces mots, le ton de Jésus, qui avait pris un accent de
> foudroyante dignité, change et redevient calme.

Mais le Dieu d'Israël, clément dans sa puissance,
M'a dit, en m'envoyant : « Mon fils, que la vengeance
Du cœur humain par vous s'efface pour toujours ;
Dans la seule équité cherchez votre secours.
Que votre force à vous soit dans la patience,
Et vous verrez un jour, semblable à la semence
Dont les plus beaux produits sont plus longs à germer,
Votre exemple à son tour mûrir et transformer
Dans les âges futurs l'homme et son existence ;
Le droit de tous alors formera la puissance,
Et l'innocent pourra, plein de sécurité,
Pour le bonheur de tous parler en liberté.
Lorsque la charité, dans les cœurs descendue,
Aura de ces beaux jours annoncé la venue,

Ah ! seulement alors, les glaives, les soldats,

N'ensanglanteront plus nos trop tristes débats.

Commençons donc, amis, cette noble conquête,

En livrant sans trembler notre innocente tête.

Que de la vérité notre sereine voix

Soit seule à protéger, à défendre nos droits,

Et de notre vertu la semence féconde

De verdoyants rameaux ombragera le monde. »

Se tournant vers Judas avec pitié.

Sur vous seul, ô Judas, il faut verser des pleurs !

De votre trahison vont naître vos malheurs.

Déjà de vos remords je vois votre figure

Dessiner, malgré vous, l'horrible flétrissure.

Le désespoir bientôt, vous torturant le cœur,

Vous voudrez que la mort finir votre douleur,

Mais dans son sein enfin la tombe vous appelle,

Le corps seul y descend, votre âme est immortelle !

Les malédictions des siècles à venir

La suivront au séjour où rien ne doit finir.

De la cupidité, symbole méprisable,

Votre nom survivra, stigmate impérissable.

Les générations, victimes à leur tour

De ces grands criminels qui trompent leur amour,

Appelleront Judas ceux qui par des promesses,

Au prix de leurs sueurs grossissent leurs richesses.

Judas! ceux qui, s'armant du mot de liberté,

Sapent à leur profit les lois, l'autorité;

Judas! le faux ami qu'un intérêt sordide

Pousse à trahir l'ami qui le prenait pour guide ;

Judas! ceux qui, toujours parjurant leur serment,

Vers tout pouvoir nouveau se traînent en rampant;

Judas! ce masque vil qui revêt un visage,

De ces traits doucereux sous qui couve la rage ;

Judas! tout ce qui hait, Judas! tout ce qui ment,

Et l'écho de ce nom sera ton châtiment!...

> Se tournant vers les archers.

Et nous, pour vos liens, voyez, nos mains sont prêtes.

Hâtons-nous d'accomplir les décrets des prophètes,

Et pour l'humanité que le sang d'un martyr

Féconde sous ses flots les champs de l'avenir !

> A ces mots, les disciples se glissent hors du jardin. La troupe entraîne
> Jésus qui disparaît bientôt, laissant dans le silence et dans l'obscu-
> rité Judas abîmé sous la prédiction de Jésus.

SCÈNE V

JUDAS, seul.

> Après un court moment de silence, on entend comme un murmure
> du vent qui souffle ces mots lentement articulés.

Ju....das!... Ju....das!...

JUDAS, *sortant de sa stupeur.*

Grand Dieu ! mon supplice commence !
L'ai-je bien entendu ?

Il prête l'oreille.

LE MURMURE.

Ju...das !...

JUDAS.

Plus d'espérance !...
Ah ! pour qu'à mon oreille il ne parvienne pas,
Ce nom... où faut-il fuir ?

LE MURMURE, *l'accompagnant dans sa fuite.*

Judas !... Ju...das ! Ju...das !

Il disparaît.

LA TOILE TOMBE.

QUATRIÈME PARTIE

LE SÉPULCRE
LA RÉSURRECTION

QUATRIÈME PARTIE

PERSONNAGES :

JÉSUS-CHRIST.
DEUX ANGES, rôles muets.
UN DÉCURION.
GARDES.
LES SAINTES FEMMES, rôles muets.

La scène représente les abords de la grotte dans laquelle se trouve le sépulcre du Christ. — En face des spectateurs, on aperçoit ladite grotte, taillée agrestement dans la profondeur du rocher. — Au milieu le sépulcre est éclairé par une ouverture intérieure, à travers laquelle percent les rayons pâles et blafards de la lune, contrastant avec l'obscurité qui règne en dehors.

SCÈNE PREMIÈRE

UN DÉCURION, DES ARCHERS.

LE DÉCURION, plaçant deux sentinelles.

Vers ce sépulcre, archers, que nul ne s'introduise !
Votre tête en répond...

Aux autres archers rangés en bataille.

Au repos!...

*Il remet son épée au fourreau. — Les archers déposent leurs lances
et rompent les rangs.*

PREMIER ARCHER.

Par Moïse!

En quel temps sommes-nous! Ah! dans mes jeunes ans,
Les morts ne faisaient pas ainsi peur aux vivants!...

DEUXIÈME ARCHER.

Que veux-tu, camarade, autre temps autre usage,
Alors on parlait peu...

PREMIER ARCHER.

L'on avait du courage!...

DEUXIÈME ARCHER.

Lorsque brillait le fer...

PREMIER ARCHER.

C'est qu'on flairait le sang.

DEUXIÈME ARCHER, *avec ironie, montrant la grotte.*

Et l'on ne gardait pas...

PREMIER ARCHER, *haussant les épaules.*

Un cadavre impuissant.

DEUXIÈME ARCHER.

Tiens, vois-tu, compagnon, depuis que la Judée,
De ces docteurs sans nombre est sans cesse obsédée,

On trouve, à chaque pas, des mécontents nouveaux.

PREMIER ARCHER.

Pour le peuple trompé, véritables fléaux!...
Grâce à leurs beaux discours partout règne le trouble,
Et le pire pour nous, c'est...

TROISIÈME ARCHER, se levant et se mêlant à la
conversation.

Le service double !

DEUXIÈME ARCHER.

Ces prétendus amis du peuple malheureux
Aggravent sa misère en fascinant ses yeux.

PREMIER ARCHER.

Chacun pour écouter leur habile langage,
Quitte, sans réfléchir, un productif ouvrage,
Et comme de beaux mots l'on ne peut subsister,
La faim redouble encore. .

TROISIÈME ARCHER.

A force d'écouter!...

PREMIER ARCHER.

Puis à quoi bon d'ailleurs toujours crier misère?...

TROISIÈME ARCHER.

Nous sommes bien vêtus...

DEUXIÈME ARCHER.

Bien nourris.

Pour leur plaire,
Il faudrait qu'en commun tous les biens fussent mis.

Entre eux ils se battraient...

LE DÉCURION, les interrompant.

A vos aises, amis,
Vous discourez ici sur les peines des autres!
Hélas! qui n'en a pas? N'avons-nous pas les nôtres?
Le mal, c'est que chacun veut travailler pour soi,
Et que l'on cherche en vain un peu de bonne foi...
Dieu me garde à coup sûr de prendre la défense
De tous ces imposteurs qui prêchent la licence;
Soldat, je sais qu'aux lois il faut être soumis,
Mais le peuple voit-il ses plus sûrs ennemis?...
Tous ces Pharisiens, hypocrites sectaires,
Toujours prompts à souffler les fureurs populaires,
Égarent sa raison, et, pour le dominer,
Contre ses amis vrais viennent le déchaîner.

A mesure qu'il parle, les soldats se groupent autour de lui.

Écoutez, compagnons, nul de vous que je gage
N'oserait un instant douter de mon courage?

DEUXIÈME ARCHER.

De nous-mêmes plutôt nous douterions...

PREMIER ARCHER.

Eh! bien?

LE DÉCURION, *mystérieusement*.

Eh bien! j'aimerais mieux qu'un autre fût gardien
De ce tombeau...

LES ARCHERS.

Pourquoi?

LE DÉCURION.

C'est, suivant moi, qu'un crime
Y vient de renfermer une noble victime ;
Et qu'un pressentiment me dit qu'un doigt divin
Ne le laissera pas ainsi commettre en vain.

PREMIER ARCHER.

Tous, d'un commun accord, l'avaient trouvé coupable...

LE DÉCURION.

Du peuple, ami, crois-tu tout décret équitable?
Ah! si vous l'eussiez vu, sitôt qu'à leur fureur
Pilate l'eût livré, son calme, sa douceur,
De votre âme étonnée, ainsi que de la mienne,
Eût à jamais chassé ce sentiment de haine
Qu'un peuple, bien des fois, trop aveugle instrument,
Conçoit pour ses amis au souffle du méchant...

DEUXIÈME ARCHER.

Est-il vrai que Pilate ait de son innocence

Au peuple réuni proclamé l'assurance?

LE DÉCURION.

Bien plus, car en cédant à leur aveuglement :
« D'aucun crime, a-t-il dit, digne de châtiment,
Jésus, sachez-le bien, ne s'est montré coupable... »
Mais de ces forcenés le concert effroyable
Même au nom de César lui demandant sa mort :
« En vos mains, reprit-il, j'abandonne son sort,
Mais de l'iniquité je ne suis pas complice,
A vous seul le remords d'un injuste supplice.
— Que son sang, ont-ils dit, joyeux et triomphants
Rejaillisse à jamais sur nous et nos enfants!... »
Alors entre leurs mains... mais dessous cette armure
Mon cœur, à ce récit, se révolte et murmure;
Il vous ferait frémir, vous, généreux soldats,
Vous, qui savez mourir, mais n'assassinez pas!

PREMIER ARCHER.

Enfin contre Jésus, cette aveugle furie,
Ce désir de sa mort, qui le soufflait?

LE DÉCURION.

L'envie!

DEUXIÈME ARCHER.

Que lui reprochait-on?

LE DÉCURION.

Sa noble pauvreté.
Remords toujours vivant pour leur cupidité.
Aux regards des méchants, jaloux de leur puissance,
De l'homme vertueux la vie est une offense.

PREMIER ARCHER.

Son amour du prochain?

LE DÉCURION.

Faisait rougir leur front.

DEUXIÈME ARCHER.

Sa bonté?

LE DÉCURION.

Fut un crime...

PREMIER ARCHER.

Et ses mœurs?

LE DÉCURION.

Un affront.

PREMIER ARCHER.

Mais le peuple, pour qui sa charité constante
Trouvait dans ses douleurs une voix consolante,
Comment des envieux, s'est-il fait lâchement,
Après tant de bienfaits, le honteux instrument?

LE DÉCURION.

Eh bien! écoutez tous... car au temps où nous sommes,
Il faut apprendre, amis, à connaitre les hommes,
Pour que des faux semblants le funeste pouvoir
Ne nous écarte pas du chemin du devoir...
Dans ces grandes cités où, bercés d'espérances,
Des flots de malheureux entassent leurs souffrances,
Mille éléments divers se confondent entre eux.
Contre l'adversité les rangs les plus nombreux
Luttent sans murmurer, et leur noble nature
Repousse des excès la juste flétrissure.
Contents quand chaque jour, pour assouvir leur faim,
A leurs petits enfants ils apportent du pain.
Nés au sein du travail, ils vivent sans maudire
Le destin qui pour eux n'eût jamais un sourire;
Et lorsqu'un rêve d'or caresse leur sommeil,
Leur courage redouble au moment du réveil.....
Mécontents de leur sort, dévorés par l'envie,
Dans l'ombre, stimulant leur haine inassouvie,
D'autres, la rage au cœur, coupables orgueilleux,
Attaquent tout pouvoir qui ne se sert point d'eux.
La patrie épuisée, entre leurs mains habiles,
Peut seulement trouver des destins plus tranquilles
Et leur patriotisme égarant leur raison,

Leur montre en un ciel pur un obscur horizon.

Lorsque l'État, par eux sur sa base ébranlée,

Roule en les entraînant au fort de la mêlée,

Victimes les premiers, ils payent de leur sang

Leur espoir insensé d'atteindre au premier rang,

Et la postérité, maudissant leur mémoire,

Confie à tout jamais sa vengeance à l'histoire.

Des révolutions, hélas! les éléments

Renferment dans leur sein de plus vils instruments;

Et comme sur le flot que l'ouragan déplace

On voit surgir du fond l'écume à la surface,

Ainsi, quand le rappel s'entend dans la cité,

Soudain, des profondeurs de la société,

Se montrent aux regards ces hideuses figures,

Prototype honteux de toutes les souillures.

Le vol, l'assassinat est leur ambition,

Sur leur drapeau se lit le mot : destruction.

Tel dans les champs féconds, le souffle des tempêtes

Moissonne les épis, pour les plus nobles têtes

Leurs parricides mains inventent mille morts;

Leur bras est sans pitié, leur cœur est sans remords;

Honneur, beauté, vertus, innocence, jeunesse,

Tout vient alimenter leur monstrueuse ivresse,

Et de leurs cheveux blancs, par la gloire ombragés,

Des vieillards vainement se sont cru protégés!...

PREMIER ARCHER.

A tant de lâchetés l'homme peut-il descendre?

LE DÉCURION.

Qui déteste le crime a peine à le comprendre...
Mais, hélas! en tous temps, pour ces honteux forfaits,
Les bras salariés ne manquèrent jamais.
Je les ai vus, amis, d'une rage imbécile,
Épuiser sur Jésus, Jésus faible et tranquille,
Tous les raffinements de la férocité.
J'ai vu sous le fouet son corps ensanglanté,
Et comme la douleur, en sa rare nature,
N'arrachait de son cœur ni plainte, ni murmure,
Ils ont voulu mêler l'insulte à ses tourments;
Simulant sur son corps les royaux ornements,
De pourpre ils l'ont couvert; d'épines enlacées
Pour couronne à son front les pointes sont placées;
Pour sceptre dans sa main ils mettent un roseau,
Et leur esprit trouvant un supplice nouveau,
Avec un rire affreux, sur sa mâle figure,
Chacun vient déposer une salive impure;
Sans que de tant d'horreurs son visage affecté,
Perdît, un seul instant, sa noble majesté.

LES ARCHERS.

Horreur!

LE DÉCURION.

Vous frémissez... ce n'est pas tout encore :
Dans cette soif de sang, qui toujours les dévore,
Nul d'eux de la pitié n'entend vibrer la voix ;
Vers le lieu du martyre, accablé sous la croix,
Ils entraînent Jésus... Ses genoux qui fléchissent,
Aux cailloux du chemin se heurtent, se meurtrissent ;
Et leur seul appétit, appétit de bourreau,
Pour hâter leur festin, allège son fardeau.

Jeu de physionomie des soldats, pénétrés d'horreur à ce récit.

Dans les airs, tout à coup, éclate un cri de joie,
Le champ du sang, enfin, à leurs yeux se déploie,
Et de Jésus bientôt les membres déchirés
A l'infâme gibet sans pitié sont livrés.
O popularité, pitoyable mensonge,
Qu'un rêve vous apporte et qui fuit comme un songe,
N'es-tu point la leçon qui pour l'humanité
Atteste devant Dieu la sainte égalité !
Sur le front de Jésus la mort passe son aile,
Ses regards sont éteints, mais son âme immortelle
Semble éclairer encor son visage amaigri ;
Son œil jette un éclair, et, soudain, un grand cri
Annonce que le juste a fini sa souffrance...
Croyez-moi, compagnons, ce cri de l'innocence
A mon oreille, ici, semble encor retentir.

8.

Se tournant vers le sépulcre.

On dirait qu'à mes yeux ce tombeau va s'ouvrir !...
Et contre la justice évoquer la vengeance...

SCÈNE II

LES MÊMES, JÉSUS-CHRIST.

Émotion mêlée de terreur, peinte sur le visage des archers ; les yeux tournés vers le tombeau qui semble à ce moment s'éclairer d'une fantastique lueur. Aux derniers mots du décurion, deux anges apparaissant au milieu d'une lumière blanchâtre, renversent de la main la pierre qui referme le sépulcre et s'agenouillent aux angles. — Les archers terrifiés ont fui en partie. Quelques-uns, entre autres les deux sentinelles et le décurion, semblent privés de sentiment. — Aussitôt que la pierre est enlevée, Jésus se dresse lentement de son tombeau, et d'une voix qui devient progressivement retentissante, invoque le Tout-Puissant.

JÉSUS.

Soyez béni, Dieu de clémence
Qui m'arrachez à ce tombeau ;
Seigneur ! soyez béni, vous de qui la puissance
D'un sépulcre fait un berceau.
Et vous qui ranimez ma dépouille mortelle,
Vous qui de la gloire éternelle
Avez contemplé la splendeur ;
Mon âme, reflétez la lumière divine,

Qu'aux yeux de l'homme elle illumine
Le chemin qui mène au bonheur !

Et vous dont la coupe est amère,
Si vous saviez que la douleur
Est le creuset qui, sur la terre,
Vous rend dignes du Créateur;
Et que plus ici-bas, votre frêle existence
Se vit courber sous la souffrance,
Plus votre âme en montant aux cieux,
S'élève aux régions où la grandeur suprème
Aime à parer d'un diadème
L'humble front des plus malheureux

Puissants d'un jour, grands de ce monde,
Qui pesez sur l'humanité,
Qu'ai-je vu? Quelle nuit profonde
Vous suit dans l'immortalité !
Oh ! que votre bonheur causerait peu d'envie,
A l'infortuné dont la vie
A vos pieds s'écoule sans bruit,
S'il savait que, pour vous, un orgueil illusoire
Fit un seul jour pour votre gloire,
L'éternité pour votre nuit !...

Pauvres humains, dont la souffrance

Par moi fut partagée un jour,

Je vous apporte l'espérance,

Car du ciel j'apporte l'amour.

Vos douleurs, croyez-moi, sont votre propre ouvrage :

Quand Dieu dans ce lieu de passage,

D'un souffle vint vous animer,

Pour préparer votre âme à l'amour éternelle,

En vous sa bonté paternelle

Plaça votre cœur pour aimer !

Aimez-vous, aimez-vous, enfants d'un même père,

Enveloppez d'amour votre humaine misère,

Et votre exil bientôt sera semé de fleurs ;

Dans ce rêve d'un jour qu'on appelle la vie,

Le plus grand ennemi de l'homme c'est l'envie,

L'égoïsme est toujours la source de ses pleurs.

Du splendide palais jusqu'à l'humble chaumière,

D'où vient qu'incessamment l'humanité profère,

Comme un écho sans fin, sa plainte à l'Éternel,

Et qu'au lieu de goûter, dans sa coupe embaumée,

Du ciel qui la versa la liqueur parfumée,

Sa lèvre en s'humectant ne trouve que du fiel ?

C'est qu'oublieux du sein qui donna la naissance

A l'univers entier, matière, intelligence,
Chacun veut en soi seul absorber ses faveurs ;
Comme si sur les champs la féconde rosée,
Dans la fraîcheur des nuits également versée,
N'atteignait pas les bois et les prés et les fleurs.

    Douce rosée, amour céleste,
    Tombez sur le cœur des humains ;
    Que l'envie, au regard funeste,
    N'obscurcisse plus ses destins !
    Mon Dieu, dont la main tutélaire
    Daigna m'envoyer sur la terre,
    Pour répandre votre lumière,
    Sur les pas de l'humanité ;
    Faites qu'en l'homme ma parole,
    Comme un baume qui le console,
    Pour lui devienne le symbole
    De la sainte fraternité !

    Abjurez, abjurez vos haines,
    Riche et pauvre ; que votre main,
    En portant le fardeau des peines,
    Se rencontre dans le chemin.
    Car votre double destinée,
    Pour l'un aux regards fortunée,

Pour l'autre, hélas ! environnée
De soucis toujours renaissants,
Est comme la mer agitée
Qui, par l'ouragan tourmentée,
A tout vent sans cesse emportée
S'épuise en efforts impuissants.

Sous la main de la Providence,
Quelque sort qui vous soit échu,
Pauvreté, grandeur, opulence,
Rapprochez-vous par la vertu.
Riche, arrachez à la misère
Celui que Dieu fit votre frère,
Et que désormais sur la terre
Le cri de l'amère douleur,
Du ciel appelant la vengeance,
Pour punir cette indifférence,
N'ait plus nul écho qui s'élance
Jusqu'au trône du Créateur.

Depuis un moment les teintes lumineuses ont successivement changé.
Aux clartés de la lune a succédé l'apparition graduée de l'aurore.

Salut ! jour de triomphe, aurore qui m'appelle,
Que ma route par toi s'inonde de clarté,

Et que du genre humain la foi se renouvelle
> Au flambeau de la charité !

À ces mots, Jésus sort majestueusement de l'intérieur du sépulcre, franchit les degrés intérieurs taillés dans le roc, et disparaît par l'ouverture adossée à la montagne. Au même instant, on aperçoit dans le lointain les saintes Femmes qui apportent les aromates préparés pour le corps de Jésus. Avant qu'elles n'arrivent en scène.

LA TOILE TOMBE.

CINQUIÈME PARTIE

LE PAPE
LES CARDINAUX
LE TRIOMPHE

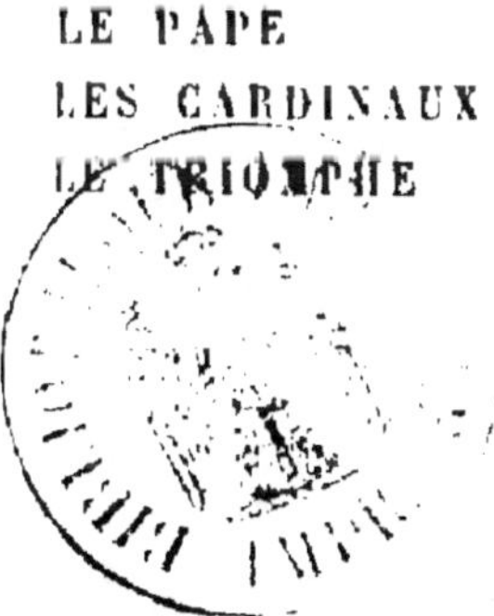

CINQUIEME PARTIE

LE PAPE.
LES CARDINAUX.
LE PEUPLE, au-dehors.

Au lever de la toile, le théâtre représente une salle du Vatican, attenante à celle où le Saint-Père rassemble les cardinaux. — Le Souverain Pontife seul, et les yeux fixés sur une image du Christ, semble animé d'une résolution inattendue. Une fenêtre ouverte laisse apercevoir les monuments de Rome, vers lesquels il porte de temps en temps la vue.

SCÈNE PREMIÈRE

LE PAPE, seul.

Deux mille ans ont passé depuis que sur le monde,
Répandant en tous lieux sa doctrine féconde,
Le Christ a de bienfaits comblé l'humanité.

Qu'un éclatant triomphe à sa gloire ajouté,

Détruise des méchants la coupable espérance ;

Que ce jour soit encore un jour de délivrance !

Et qu'au nom de Jésus l'univers désormais

Trouve, après ses malheurs, le bonheur et la paix.

Il s'avance vers le milieu de la scène.

Non, je n'hésite plus... Dans un profond silence,

Seul à seul avec Dieu, fort de ma conscience,

Depuis huit jours entiers j'ai senti dans mon cœur,

Comme un céleste écho, la voix du Rédempteur.

De sa divinité, représentant sur terre,

A ses ordres soumis, tout en moi doit se taire.

Qui pourrait retarder, ne fût-ce qu'un seul jour,

En faveur des chrétiens l'effet de son amour.

S'animant.

Oui, de la papauté, grandissons l'influence,

En cédant aux humains la terrestre puissance,

Et qu'en place du sceptre, à l'avenir la croix

Seule fasse incliner les peuples et les rois !...

D'un passé glorieux humble dépositaire,

A ces vaines grandeurs, je n'osais me soustraire ;

De perfides conseils, égarant ma raison,

Semblaient me reprocher, comme une trahison,

L'abandon d'un pouvoir, qui, des biens de ce monde,

Était entre mes mains une source féconde ;

Quand Jésus-Christ a dit pour mieux guider nos pas :
« Mon royaume est au ciel et non point ici-bas! »
Que mon cœur a souffert dans ces luttes terribles,
Où du monde nouveau les droits imprescriptibles,
Des populations me retraçant les vœux,
Ont enfin, grâce au ciel, su dessiller mes yeux!
Merci, mon Dieu, merci, d'avoir fait dans mon âme
Comme un phare briller votre divine flamme ;
Qui, guidant ma faiblesse, a permis que par moi,
Resplendît plus brillant le flambeau de la foi.
Inspirez-moi, Seigneur, à cette heure suprême ;
Qu'en ma débile voix descende du ciel même
Cet accent dont l'attrait, désabusant l'erreur,
Des mortels convaincus persuade le cœur.
Quelques instants encore et l'heure solennelle
Aura sonné...

Regardant au dehors.

Déjà, dans la ville éternelle,
Ont céssé tous les bruits, et le peuple à genoux
Semble attendre son sort et du ciel et de nous !
Pleins d'espérance, allons aux princes de l'Église
Demander un concours qui les immortalise !...
Et resserrant les nœuds de la fraternité,
Entre le peuple et nous placer la liberté !

A ces mots, le Saint-Père s'agenouille, comme pour se recueillir, et la

toile en forme de rideau, qui cachait le fond de la scène, s'ouvrant,
laisse apercevoir en amphithéâtre les Cardinaux en grand costume,
qui se lèvent tous au moment où le Saint-Père, s'avance pour prendre place sur le trône au milieu de l'assemblée.

SCÈNE II

LE SAINT-PÈRE, LES CARDINAUX.

LE SAINT-PÈRE.

Depuis les jours fameux où Jésus sur la terre
De la rédemption annonçant le mystère,
Vint à l'humanité rendre un rayon d'espoir,
Nul spectacle aussi grand ne se put entrevoir
Que celui dont l'éclat va frapper votre vue :
Mais pour donner la force à ma parole émue,
Il me faut avant tout compter sur votre appui,
Car l'univers entier nous écoute aujourd'hui !...

Les Cardinaux s'inclinent.

Prélats, vous le savez, vous de qui le courage
N'a pas, un seul instant, faibli pendant l'orage
Qui gronde avec fracas sur le monde chrétien,
Notre devoir à tous, et plus qu'à tous le mien,
M'enjoint de conjurer la foudre qui s'apprête,
De raffermir la foi qu'ébranle la tempête,
Afin que nos regards, tournés vers l'Éternel,
N'aient plus aucun nuage entre nous et le ciel.

Il faut désabuser tout esprit qui s'égare,

En pensant affaiblir l'éclat de la tiare,

Quand du bandeau des rois notre front soulagé,

Cessera tout à coup d'en être protégé.

Notre splendeur à nous est un divin emblème,

C'est un reflet du ciel et non du diadème ;

Sans éblouir les yeux il pénètre les cœurs,

Et c'est l'humilité qui fait notre grandeur !

PREMIER CARDINAL, se levant.

De Votre Sainteté la mémoire fidèle

De ces jours douloureux sans doute se rappelle

Où de votre grand cœur la générosité

Se sentit émouvoir au cri de Liberté ?

Les peuples, transportés de joie et d'espérance,

Rivalisaient d'amour et de reconnaissance.

Mais Dieu sait cependant quels excès désastreux

Forcèrent votre main à se fermer pour eux !

LE PAPE.

Oui, mon cœur s'en souvient, mais nul de vous n'oublie

Sous quel joug écrasant gémissait l'Italie.

Ses enfants désunis, les yeux sur l'avenir,

Ne savaient qu'espérer, combattre et puis mourir !

Si, de leur folle ardeur calmant la violence,

J'ai dû, malgré mes vœux, céder à la prudence

C'est qu'alors je compris que, pour être assurés,
De tels projets étaient encor prématurés.

DEUXIÈME CARDINAL.

Toujours ils le seront, et, pour leur bonheur même,
Le Seigneur en vos mains mit le pouvoir suprême.

LE PAPE.

Ce pouvoir, croyez-moi, doit être passager,
Vous-même, en m'écoutant, vous allez en juger :
Quand le Christ pour fonder son Église sur terre,
Eut, avant d'expirer, fait le choix de saint Pierre,
Il ne lui légua point la couronne des rois.
La foi profonde au cœur, dans la main une croix,
Le saint apôtre vint prêcher du Fils de l'homme
La doctrine inconnue, au sein même de Rome...
De Rome des Césars, au pouvoir indompté,
Et sans bruit, sans éclat, fonda la papauté.
Depuis lors, grandissant à l'abri d'un saint zèle,
On la vit, pas à pas, porter la foi nouvelle
Jusqu'au trône éclatant des puissants empereurs,
Pour elle, ne cherchant que l'empire des cœurs.
Mais des Romains un jour, la puissance affaiblie
Laissa honteusement fondre sur l'Italie
L'impétueux torrent des barbares du Nord ;
Et l'Église, à leur cri de vengeance et de mort,

Fit entendre au milieu de leurs luttes sanglantes,
Au nom d'un Dieu de paix, les paroles touchantes
Qui, rapprochant bientôt et vaincus et vainqueurs,
De ces fiers conquérants adoucirent les mœurs.
Puis, au sein du conflit des passions humaines,
Voulant consolider les bases incertaines
D'un pouvoir bienfaisant, constant médiateur,
Un prince généreux, dévoué protecteur
Des saints représentants de l'Église chrétienne,
Sur leur tête posa la couronne romaine.
Et quand de l'Italie un glorieux soleil
Se lève à l'horizon, saluant le réveil,
C'est par ce don royal, semblable à l'arche sainte,
Qui sut des envieux repousser toute atteinte,
Que Rome des Césars et de la papauté
Va surgir radieuse au cri de liberté !...
Du pouvoir temporel, oui, la tâche est remplie,
Puisqu'il a resserré les nœuds de la patrie.
Sachons donc aujourd'hui replacer en son lieu,
Ce qui vient de César, ce qui revient à Dieu.

UN CARDINAL.

Quoi ! sous le souffle ingrat de cette ère nouvelle,
Il faudra donc bientôt fuir la ville éternelle,
Où les nobles vertus de vos prédécesseurs
Léguaient aux descendants de dignes successeurs,

Et lorsque le berceau de la foi de nos pères,
De l'Église aura vu déserter les bannières,
Ne doit-on pas trembler que son foyer détruit,
Laisse le monde entier retomber dans la nuit?

LE PAPE.

Ne nous arrêtons point aux erreurs d'un saint zèle,
La foi dans tous les cœurs à jamais immortelle
Doit d'autant plus grandir que ses vivants soutiens
Sauront servir d'exemple au reste des chrétiens.
Il nous faut, dites-vous, un éclatant prestige,
Pour que l'arbre sacré fleurisse sur sa tige?
Qu'avaient donc ces pêcheurs, disciples de Jésus,
Pour changer l'univers, si ce n'est leurs vertus?
Ah! notre mission est encore assez belle,
Nous portons sur nos fronts la couronne éternelle.
Des grandeurs d'ici-bas qui pourrait être épris,
Quand on peut, comme nous, régner sur les esprits?
Prélats qui m'écoutez,

Levant les yeux au ciel.

         dans la céleste voûte,
Où de son doigt puissant Dieu leur traça la route,
Des astres bienfaisants vont porter de leurs feux,
Aux mondes refroidis, les rayons chaleureux;
Dans l'espace infini, partout sur leur passage,
Ils sont de l'Éternel une vivante image,

Sur la terre, comme eux, que pour l'humanité

Cet astre bienfaisant soit notre papauté.

Dégagés des soucis d'un pouvoir éphémère,

Tout à Dieu désormais, à l'abri tutélaire

Des peuples et des rois, rivalisant entre eux

Pour rendre nos destins respectés en tous lieux,

Parcourant tour à tour l'univers catholique,

Nous irons réchauffer le zèle évangélique,

Et du nord au midi, de l'aurore au couchant,

De la fraternité chanter l'hymne touchant.

Se levant avec inspiration.

Frères en Jésus-Christ, cédez à mes prières,

Les bénédictions des nations entières,

Par avance en mon cœur semblent vous applaudir !

Déposons la couronne et nos fronts vont grandir !

S'adressant aux statues des papes qui ornent l'amphithéâtre.

Et vous, pontifes saints, dont l'imposante image,

Des siècles écoulés, conserve d'âge en âge

Le noble souvenir, comme un guide divin.

Ne laissez point mon cœur vous invoquer en vain !

Si mon esprit, trompé par l'humaine faiblesse,

S'écartait en ce jour des lois de la sagesse,

De ce marbre animé que les regards vengeurs

Arrêtent dans leur cours mes pieuses erreurs,

Que tout à coup, Seigneur, une voix éclatante,

Comme au mont Sinaï, réponde à mon attente !...

A ces mots, une immense clameur s'élève du dehors de la scène.

VOIX DE LA FOULE.

Salut à l'Italie !...

LE PAPE.

Entendez à ma voix

Celle du peuple entier qui répond à la fois.

Dieu le veut, Dieu le veut, oui, sauvons la patrie !

Prélats, rallions-nous à la libre Italie !...

Et qu'à Rome, aujourd'hui, paraissent aux regards

Près de la croix du Christ les aigles des Césars !

A ces paroles, tous les cardinaux se lèvent et suivent le Souverain Pontife, qui se dirige vers les galeries extérieures. — Quand la scène est vide, le tableau change et représente des terrasses sur lesquelles apparaissent, d'un côté le Saint-Père et les cardinaux, de l'autre le roi d'Italie et sa cour. Les ambassadeurs entourent les représentants des deux pouvoirs. — Au pied des terrasses et sur les toits des palais qui environnent la scène, apparaît un grand concours de peuple qui s'écrie avec enthousiasme : VIVE LE SAINT-PÈRE !... VIVE LE ROI D'ITALIE !...

FIN.